헬로우웨딩

백묘 장편소설

3

헬로우 웨딩 3

초판 1쇄 발행 / 2013년 10월 25일
초판 2쇄 발행 / 2015년 7월 17일

지은이 / 백묘

발행인 / 오영배
책임편집 / 편집부
펴낸 곳 / (주)삼양출판사·드림북스

주소 / 서울특별시 강북구 도봉로 173
대표 전화 / 02-980-2112 팩스 / 02-983-0660
편집부 전화 / 02-980-2116 팩스 / 02-983-8201
카페 / cafe.naver.com/samyangbook

등록번호 / 제9-00046호
등록일자 / 1999년 3월 11일

ⓒ 백묘, 2013

값 10,000원

(주)삼양출판사·드림북스의 서면 허락 없이는 어떠한
형태나 수단으로도 이 책의 내용을 이용하지 못합니다.

ISBN 978-89-542-5326-0 (04810) / 978-89-542-5323-9 (세트)

* 지은이와 협의하에 인지는 생략합니다.
* 잘못된 책은 구입한 곳에서 바꾸어 드립니다.

이 도서의 국립중앙도서관 출판시도서목록(CIP)은 서지정보유통지원시스템 홈페이지(http://seoji.nl.go.kr)와
국가자료공동목록시스템(http://www.nl.go.kr/kolisnet)에서 이용하실 수 있습니다.
(CIP제어번호: 2013020127)

Hello Wedding

헬로우웨딩

백묘 장편소설

3

dream books
드림북스

차례

이야기 하나. **007**

이야기 둘. **045**

이야기 셋. **089**

이야기 넷. **133**

이야기 다섯. **183**

이야기 여섯. **245**

번외편

기억 하나. 커플룩의 음모 **309**

기억 둘. 그 남자의 일상 **315**

Hello Wedding

1

 시현은 언제까지고 준성의 얼굴을 훔쳐보고만 있을 수는 없다는 생각에 몸을 일으켰다. 준성이 시현을 올려다봤다.
 "그만 들어가 볼게요. 일도 해야 하고."
 "그래."
 나른하게 대답한 준성이 다시 풀장 쪽으로 고개를 돌렸다. 시현은 탈의실 입구로 들어가며 준성이 있는 곳을 돌아봤다.
 넓은 풀장에 오도카니 앉아 있는 준성은 어쩐지 쓸쓸해 보였다. 외로운 듯한 준성을 혼자 두고 가자니 발길이 안 떨어졌지만, 남아 있다고 해서 준성의 외로움을 덜어 줄 수 있을 것 같진 않았다.

'사장님이 원하는 사람은 내가 아니니까.'

시현은 문을 닫았다. 닫히는 문 틈새로, 준성이 마침 고개를 돌려 이쪽을 쳐다보는 모습이 보였지만 시현은 애써 모르는 척했다.

아무 생각 없이 탈의실을 벗어나려다가 사물함에 넣어 둔 수영복과 휴대폰을 떠올렸다. 아무리 야해도 비싼 수영복이니 일단은 넣어 두자는 생각에 수영복과 휴대폰을 꺼냈다.

시현은 사무실로 내려가면서 휴대폰을 확인했다. 희영에게서 온 부재중 통화가 10통이 넘었다. 무슨 일이라도 생긴 건가 싶어 서둘러 전화를 걸었더니 희영의 신경질적인 목소리가 들려왔다.

[이시현 씨! 똑바로 안 할래? 전화는 왜 이렇게 안 받아? 회사 그만뒀어?]

오늘 아침 시현의 부탁을 거절했으면서 오히려 화를 내는 희영의 태도에 기분이 나쁘다기보다는 어이가 없었다. 그래도 시현은 꾹 참고 상냥하게 대답했다.

"죄송해요, 언니. 일 때문에 잠깐 휴대폰을 놔두고 가서요.

무슨 일 있으세요?"

[편지 줄게.]

"편지요?"

[응, 오늘 아침에도 연락했잖아. 지금 줘도 되는 거지?]

예상치 못한 말이었다. 시현은 휴대폰을 고쳐 잡았다.

"그, 그럼요. 지금 당장 받으러 갈게요."

[얼른 우리 집으로 와. 나 바쁘니까.]

"네, 언니. 지금 바로 출발할게요. 조금만 기다려 주세요!"

전화를 끊은 시현은 18층으로 눌러놓은 엘리베이터 버튼을 다시 한 번 눌러 취소한 후 1층 버튼을 눌렀다. 변덕스러운 희영의 마음이 또 변하기 전에 희영에게서 편지를 받아내야만 했다.

2

자기가 사무실 주인이라도 되는 것처럼 시현의 의자에 편하게 앉아 있던 민희는 지루함을 참지 못하고 하품을 했다. 무슨 짓을 할지 모르니 함께 기다리겠다는 정후를 내쫓지 말고 놔

둘 걸 그랬다. 기다린 지 벌써 한 시간이 지났는데도 사무실의 진짜 주인은 나타날 생각을 하지 않았다.

"팔자가 늘어졌구만. 이런 식으로 회사 생활 해도 되는 거야? 하긴…… 그 회사의 최고 대장이 푹 빠져 있으니 회사 생활이 우습기도 하겠지."

두 시간이 지나자 슬슬 화가 나기 시작했다.

"아니, 제까짓 게 뭔데 날 이렇게 기다리게 해! 고마운 것도 모르고!"

시현과 약속도 잡지 않았으면서 혼자 분개하던 민희는 사무실 문이 열리는 소리에 벌떡 일어났다.

"이봐요, 이시현 씨!"

"이봐, 차민희."

사무실로 들어온 사람은 시현이 아닌 준성이었다.

아까 입고 있던 젖은 옷이 아닌 새 옷으로 갈아입은 준성은 시현과 함께 있을 때와는 영 딴판이었다. 무슨 생각을 하는지 알 수 없는, 민희가 알던 원래의 그 장식품이었다.

"네가 왜 이시현 씨를 찾아?"

"찾으면 안 돼? 이시현 씨가 오빠 거라도 돼?"

"……."

준성이 정곡을 찔린 표정을 지었다. 민희는 비웃듯 한쪽 입꼬리를 올렸다.

"놀고 있으서 정말. 내 거라고 당당하게 말하지도 못할 사이면서 웬 집착이시래."

"집착 아니야."

"아니긴 퍽이나."

민희는 다시 시현의 의자로 돌아가서 앉았다. 준성이 살짝 미간을 좁히며 불쾌감을 표했지만 민희는 깨끗이 무시했다.

"아무튼 난 바쁘니까 그만 나가보셔."

"남의 사무실에서 왜 바쁜 건지 모르겠네."

"이시현 씨 기다리는 중이거든. 그러고 보니 오빠랑 같이 있었잖아. 어디에 숨겼어?"

"안 숨겼어. 외근 나갔겠지. 너도 나가."

"난 오늘 외근 없거든요."

"한가하네."

"한가하긴. 내가 오늘 뭘 했는지 알아? 오빠가 꼭꼭 숨겨둔 이시현 씨랑 오빠 도와주려고 변장하고 연기까지 했다고."

"넌 원래 그런 짓 좋아하잖아."

"그냥 고맙다고 솔직하게 말해. 그러면 내가 이시현 씨 편에서 줄지 누가 알아?"

"고마워."

"하아? 뭐라고?"

"고맙다고."

민희는 입술을 살짝 벌리고 준성을 쳐다보다가, 못 들을 걸 들은 것처럼 머리를 옆으로 기울였다. 한참 동안 그러고 있던 민희는 믿을 수 없다는 듯 고개를 절레절레 저었다.

"미쳤어, 차준성. 그 여자한테 홀딱 빠졌구나?"

"그 여자라고 하지 마. 이시현 씨야."

"네, 네. 그러시겠죠."

민희는 건성으로 대꾸하며 의자에 몸을 기댔다. 준성은 시현의 향기가 남은 책상에 감히 다가올 수 없다는 듯, 문가에 서서 민희를 쳐다봤다.

준성의 행동 때문에 민희는 이시현이라는 여자가 더 궁금해지기 시작했다. 도대체 어떤 매력이 있기에. 아까 멀리서 잠깐 보기는 했지만, 비율 좋고 예쁘장할 뿐 딱히 특별한 것은 없어 보였다.

'사람 보는 눈 없는 준성 오빠라면 몰라도, 기본적으로 사람을 싫어하는 정후 오빠나 능구렁이 같은 명성 오빠가 챙겨주

려는 데는 이유가 있을 거야. 되게 궁금하네, 그 여자.'

"어디가 그렇게 좋아?"

민희가 물었다. 준성이 난감하다는 듯 미간을 좁히고 주위를 둘러봤다. 주위에 사람이 있을까 봐 전전긍긍하는 준성의 모습은 어릴 적부터 그를 알아온 민희도 처음 보는 것이었다. 어릴 적에 일억이 넘는 도자기 안에 들어가서 자다가 그걸 깨뜨렸을 때도 저렇게 불안한 모습은 보이지 않았었는데.

"듣는 사람 없어. 말해 봐, 어디가 그렇게 좋은데? 그 여자가 해 준 멸치볶음까지 먹었다면서? 대답 안 하면 복도 뛰어다니면서 소문낸다? 로운 대표가 이시현 사원을 사랑하고 있다고?"

민희는 충분히 그런 짓을 할 만한 사람이었다. 결국 준성은 한숨을 쉬며 의자를 끌어다가 민희의 옆에 앉았다. 무릎 위에서 두 손을 거머쥔 준성은 민희를 똑바로 응시하며 말했다.

"전부 다 좋아."

"거짓말. 전부 다, 라는 건 없어. 어느 하나에 반해서 좋아하다가 결국 그게 전부가 되는 거지. 내가 알고 싶은 건, 지금 오빠의 감정이 아니라 오빠를 홀딱 반하게 만든 그 하나야. 도대체 뭐야? 이시현 씨한테 뭐가 있는 건데?"

이야기 하나 15

준성은 엄지로 입술을 쓸며 생각에 잠겼다. 미간을 모으고 고민하던 준성이 다시 입을 열었을 때는, 기다리다 지친 민희가 기지개를 켜고 있을 때였다.

"이시현 씨가 입사하고 얼마 안 됐을 때, 내가 심한 말을 했어. 나는 당연히 화를 내거나 삐치거나 우는 반응을 예상했지."

"근데? 웃던?"

준성의 느릿한 말을 기다리지 못하고 민희가 성급히 물었다. 준성은 그때를 떠올리는 듯 부드럽게 웃으며 대답했다.

"아니, 빈정거리더라."

"뭐야, 그게……."

"확실하지는 않지만 아마도 그때부터 이시현 씨를 다르게 보게 된 것 같아."

"회사 사장한테 빈정거리는 이시현 씨도 이시현 씨지만…… 빈정거려서 좋았다고? 변태야?"

"그런가 봐. 이시현 씨가 날 싫어한다는 걸 알면서도……."

준성이 무릎 위에 놓여 있던 손을 쫙 폈다.

"자꾸만 이 손안에 넣고 싶어지거든."

"넣으면 되잖아. 해성 그룹 차준성이 여자 하나 손에 못 넣어?"

"이시현 씨한테는 그렇게 못 해. 난 이시현 씨가 무서워."

'놀고 앉아 있네.'라는 말은 속으로 삼켰다. 이제 막 사랑을 배운 어린애도 아니면서 미움받을까 봐 두려워하는 준성이 웃겼지만, 잘생긴 얼굴을 괴롭게 일그러뜨린 준성에게 막말을 퍼부을 생각은 없었다. 어쨌든 윤예나에게 매몰차게 차인 전력이 있으니 여자가 무섭기도 할 것이다.

"아무튼 오빠 마음은 대충 알겠어. 그만 가봐."

"여기 네 사무실 아니야."

"누가 뭐래? 난 이시현 씨 만나기 전엔 안 나가. 잊었어? 내가 로운에 첫 번째로 등록한 회원이라는 거. 고객으로서 이시현 씨 만나러 온 거니까 VIP 회원 대우는 해달라고요, 차 사장."

"그냥 탈퇴해."

"차 사장, 귀찮게 하지 말고 나가라니까!"

3

편지를 전해 주는 희영은 굉장히 화가 난 듯 보였다. '무슨 일 있었어요?'라는 질문에 대답을 하려다가 관둔 희영은 '오늘은 혼자 있고 싶으니까 그만 가.'라며 시현을 쫓아냈다.

희영의 방까지 들어갔다가 나왔는데도 문전박대를 당한 기분이 들었다. 이런 걸 '수모'라고 한다면 수모라고 할 수도 있겠지만, 어차피 살면서 늘상 겪어온 일인데 이제 와서 자존심을 챙기는 것도 웃긴다는 생각에 기분을 바꿨다. 수모를 당했든, 문전박대를 당했든 결과물을 받아냈으니 된 거다.

시현은 바로 여훈에게 연락을 해서 편지를 전해 주었다. 꽤 늦은 답장이었지만 편지를 받는 여훈의 표정이 밝아서 안심했다.

'한계가 아니야. 벽이야.'라던 준성의 말을 떠올렸다.

그 말을 들었기 때문인지, 한계라고만 생각했던 것들이 이제는 벽으로 느껴졌다. 한계에 부딪힌 것이 아니라 언제나처럼 하나의 벽을 넘어 또 다른 벽을 만난 것뿐이다.

가정환경이라는 벽을 뚫고 세상으로 나왔고, 생활고라는 벽을 기어올라 대학을 다녔다. 학벌이라는 벽을 넘어 취업을 했고, 상사의 성희롱이라는 벽을 부수고 더 나은 회사에 취직했다. 그러니까 지금 마주하고 있는 이 벽도 넘어 버리거나 부숴 버리면 되는 거다. 그 뒤에 더 나은 어떤 것이 존재할 테니까.

'사장님은 모르죠. 당신이 나한테 얼마나 큰 힘이 되는지. 아무렇지 않게 던진 당신의 그 말이 날 얼마나 지탱해 주는지.'

회사로 돌아와 복도를 걷던 시현은 사무실에서 들려오는 낯선 목소리에 걸음을 멈췄다.

"차 사장, 귀찮게 하지 말고 나가라니까!"

약간 허스키해서 매력적인 여성의 음성은 시현의 사무실에서 새어나오고 있었다.

'차 사장님?'

또 윤예나가 찾아왔을지도 모른다는 생각이 먼저 들었다.

'아니, 윤예나 목소리는 아니야. 그럼 누구지?'

시현은 발소리를 죽이고 사무실로 걸어가 창문으로 안을 들여다봤다.

제일 먼저 눈에 들어온 건 의자에 앉아 있는 준성의 뒷모습이었다. 옷을 갈아입었는지 아까와는 다른 회색 정장을 입고 있었다. 뒷모습을 본 것뿐인데도 심장이 두근두근 울렸.

그다음에야 시현은 자신의 자리에 앉아 있는 여성을 발견했다. 긴 생머리가 잘 어울리는 세련된 이목구비를 가진 여성으로, 팔짱을 끼고 앉아 있는 모습이 여왕처럼 강렬했다.

손님이라고 하기에는 준성에 대한 말투가 너무 거침없었다. 시현이 알기로 해성 그룹 사장의 아들에게 저만큼 거침없이 말할 수 있는 사람은 그리 많지 않았다. 그러니까 로운의 고객은 아닐 것이다.

'사장님한테 윤예나 말고 또 다른 여자가 있나?'

일단은 자리를 피하려고 했는데, 마침 고개를 돌리던 여자와 눈이 딱 마주쳤다. 여자가 대어를 낚은 낚시꾼처럼 의기양양한 미소를 지으며 일어났다. 여자의 시선이 이쪽을 향하고 있다는 걸 깨달은 듯, 준성이 몸을 돌려 시현을 쳐다봤다.

낯선 여자의 강렬한 시선보다 준성의 눈동자가 더 신경 쓰였다. 시현은 애써 표정을 정리하고 사무실 문을 열었다. 시현이 여자에게 다가가기 전 여자가 먼저 성큼성큼 다가왔다. 허리와 어깨를 편 꼿꼿하고 당당한 걸음걸이, 그래서 위협적으로 느껴지기까지 하는 포즈. 하지만 시현은 뒷걸음질치지 않고 여자를 올려다봤다.

"안녕……."

"이시현 씨죠? 말씀 많이 들었습니다. 차민희라고 해요."

시현의 인사를 끊으며 민희가 서늘한 목소리로 말했다.

"오해는 하지 마세요. 차 사장님과 저는 사촌 관계니까요."

민희의 말에 순간 안심했지만 곧 그런 자신을 꾸짖었다.

'안심은 무슨 놈의 안심!'

버릇처럼, 자신이 오해를 하고 말고 할 입장조차 아니라는 걸 자꾸만 잊는다. 시현은 흔들리는 마음을 다잡았다.

지금 중요한 건 민희와 준성이 사촌 관계라는 것보다, 그 사촌이라는 여자가 왜 이 사무실에 저토록 도전적인 눈빛을 하고 앉아 있는지였다.

"내가 왜 여기에 있는지 궁금하겠죠. 숨길 생각은 없어요. 나, 이시현 씨에 대해 알아보려고 온 거예요."

민희가 시현의 생각을 읽은 것처럼 말했다.

"아, 그러세요. 그럼 얘기할 수 있는 곳으로 자리를 옮기시겠어요?"

시현의 대답에 민희가 흥미롭다는 듯 미소를 지었다. 일부러 더 깐깐한 태도를 취했는데 눈을 피하거나 대답을 회피하기는커녕, 자리를 옮기자고 말하는 시현의 당당한 모습이 민희의 마음에 들었다.

"그러죠. 차 사장 없는 곳이라면 어디든 좋아요."

민희의 말에 준성이 일어났다.

"이시현 씨가 있는 곳엔 내가 있어."

시현은 심장이 덜컹 내려앉는 기분을 느끼며 준성에게 시선을 주지 않으려고 노력했다. 준성이 이런 말을 의미 없이 한다는 걸 알면서도 들을 때마다 심장이 반응하는 걸 멈출 수가 없었다.

"놀고 있네. 여자화장실에도 따라 들어갈래? 됐으니까 변태 입증 그만 하고 사장실로 돌아가서."

민희의 책망에도 준성은 아랑곳하지 않고 두 사람의 뒤를 따랐다. 시현은 민희가 한 번 더 준성을 몰아붙일까 봐 걱정이 됐다. 민희의 말투는 기분이 상할 정도로 도전적이라서, 어떤 일에도 화내지 않는 준성조차 화나게 할 것 같았기 때문이다.

다행히도 23층의 바에 들어갈 때까지 민희는 입을 열지 않았다.

고급 양주가 어울리는 이미지의 민희는 의외로 생맥주를 시켰다. 준성은 스카치를, 시현은 무알콜 칵테일을 주문했다. 지난번에 칵테일을 마시고 세 남자 앞에서 잠든 이후로 칵테일에 알코올이 들었는지 안 들었는지를 확인하는 게 습관이 되었다.

준성은 당연하다는 듯 시현의 옆자리에 앉아 있었다. 맞은편에 앉은 민희는 다리를 꼬고 턱을 살짝 들어 올린 거만한 자세로, 마음에 안 든다는 듯 시현을 위아래로 훑어봤다.

시현은 준성의 사촌이 왜 자신을 만나러 온 건지, 왜 저렇게 마음에 안 들어 하는 건지는 알 수 없지만 일단 진상 고객을 상대하듯이 상대하기로 마음먹었다.

"단도직입적으로 얘기하죠."

민희는 시원하게 담겨 나온 맥주를 한 번에 끝까지 들이켜고 나서 말했다. 시현은 칵테일을 홀짝거리며 민희를 쳐다봤다.

"난 윤예나를 싫어해요."

이 자리에서 윤예나의 이름이 나올 줄은 몰랐기에 시현은 눈을 크게 뜨고 민희를 쳐다봤다. 바로 옆에 앉아 있는 준성이 어떤 표정을 짓고 있을지 궁금했다. 혹시 민희는 차준성과 윤예나가 어떤 사이인지 모르는 게 아닐까 싶었다.

이번에도 민희는 시현의 생각을 읽은 것처럼 말을 덧붙였다.

"물론 난 준성 오빠랑 윤예나가 사귈 때부터 윤예나를 싫어했어요. 윤예나가 준성 오빠를 걷어찬 이후에는 더 싫어하게 됐죠. 하여간 차준성, 여자 보는 눈 없는 건 알아줘야 한다니까."

아무리 그래도 그렇지, 사람을 앞에 두고 저렇게 막말을 해도 되나?

 시현은 걱정스러운 마음에 옆에 앉아 있는 준성의 표정을 확인했다. 준성은 사랑하는 여자에 대한 악담을 들으면서도 불쾌해 보이지 않았다.

 "아무튼 최근에 윤예나가 이시현 씨를 상대로 뭔가를 꾸미고 있다는 얘기를 들었어요. 준성 오빠 옆에 자기가 아닌 다른 여자가 있는 게 아주 고까웠겠죠. 그런 여자거든요. 욕심이 많은 여자."

 "아……."

 시현이 입술을 벌리자 민희가 인상을 찌푸렸다.

 "뭐예요, 몰랐어요? 윤예나가 이시현 씨한테 해코지하려고 한다는 걸."

 "아뇨, 뭔가…… 하려고 하는 줄은 알았지만 저만 알고 있는 줄 알았는데요."

 시현의 대답에 민희가 기가 막힌다는 듯 웃었다.

 "아, 정말 남자들도 그렇고 이 여자도 그렇고, 아주 웃기고들 있네."

 "말이 심해."

 가만히 있던 준성이 끼어들었다.

"심하긴 뭐가 심하니? 남자들은 이 여자를 감싸고돌려고만 하고, 이 여자는 윤예나가 해코지하려는 걸 혼자 감당할 수 있을 거라고 생각하고 있고…… 이게 안 웃겨?"

"혼자 감당할 수 있을 줄 알았어?"

"절 감싸고도셨어요?"

시현과 준성이 서로를 쳐다보며 동시에 물었다.

"굳이 말할 필요는 없으니까."

"전부 감당하지는 못하겠지만……."

그리고 동시에 대답했다. 그런 두 사람을 보며 민희가 입술을 실룩거렸다.

"사랑놀이는 단둘이 있을 때 해서."

'이분, 설마…… 내가 사장님을 좋아하는 걸 눈치챈 건 아니겠지?'

'사랑놀이'라는 민희의 표현에 시현의 볼이 화끈 달아올랐다. 곁눈질로 준성의 표정을 살폈다. 준성은 무표정하게 민희를 보고 있었다.

"윤예나는 시현 씨가 생각하는 것보다 더 독한 여자예요. 시현 씨가 어디까지 할 수 있는지는 모르겠지만, 윤예나는 분명 그 이상을 할 수 있을 거예요."

"궁금한 게 있어요."

"뭐죠?"

"윤예나 씨가 왜 절 싫어하는 거죠? 제가 파스텔 사장을 사람들 앞에서 창피하게 만든 건 사실이에요. 하지만 파스텔 사장이 먼저 절 성희롱했거든요. 그럼 남편을 닦달하는 게 우선 아닐까요?"

민희가 피식 웃었다.

"그런 건 윤예나랑 아무 상관 없어요. 윤예나한테 중요한 건 시현 씨가 지금 어디에 있는가, 하는 것뿐이니까요."

"제가 로운에 있는 게 그렇게까지 화가 날 일인가요?"

"아뇨. 이시현 씨는 로운에 있는 게 아니라……."

민희가 턱을 들어 준성을 가리켰다.

"차 사장 옆에 있는 거죠."

"하지만 사장님과 전 아무 사이도 아닌걸요."

"흐응."

민희의 눈이 흥미롭다는 듯 빛났다. 시현을 보던 민희의 눈동자가 준성을 향해 움직였다가 다시 시현에게 고정되었다.

"아무 사이 아니다라…… 정말 그래요?"

"네. 굳이 무슨 사이냐고 한다면…… 사장님과 사원 사이겠죠."

"뭐, 두 사람의 사이가 뭐든 그건 상관없어요. 윤예나는 그냥 차준성 옆에 다른 여자가 있는 게 싫은 것뿐이니까. 과거의 남자조차 자신만을 바라보기를 원하는 거죠."

시현은 미간을 모으고 테이블 위에 놓인 붉은 칵테일을 응시했다. 민희는 시현의 말을 기다리는 듯 침묵을 지켰다. 잠시 후, 시현이 입을 열었다.

"그 여자 진짜 이상하네요."

민희가 씩 웃었다.

"그렇죠. 진짜 이상한 여자죠."

시현이 고개를 돌려 준성을 똑바로 쳐다보며 말했다.

"사장님께는 정말 죄송하지만…… 사장님의 전 애인, 정말 이상한 여자예요."

뜻밖에도 준성의 입가에 미소가 번졌다.

"응, 맞아."

"사장님은 여자 보는 눈이 없으시네요."

"자네는 남자 보는 눈이 있어?"

"그럼요. 저는……."

거기까지 말한 시현은 입을 다물었다.

'저는 사장님을 사랑하는걸요. 사장님은 게으른 것만 빼면 최고의 남자잖아요.'

라는 말을 할 수는 없었다.

그 모습을 지켜보던 민희는 시현이 '모든 남자를 홀리는 팜므파탈'과는 거리가 멀다는 걸 깨달았다. 그보다는 속마음을 감추는 것이 미숙한, 게다가 자기가 미숙하다는 걸 모르는 밉지 않은 바보.

정후가 시현을 여우보다는 고양이 같다고 말한 이유를 알 것 같았다. 시현에겐 아직 요령이 없는 새끼 고양이 같은 면이 있었다.

'그건 그렇고…… 준성이 오빠가 저런 식으로 웃다니…… 저 여자는 준성이 오빠가 단 한 번도 저렇게 웃었던 적이 없다는 걸 알기나 하려나?'

조각 같은 얼굴 전면에 번진 미소는 달콤하기 그지없었다. 그건 손가락 끝이 말랑말랑해질 만큼 달콤해서, 제삼자가 봐도 가슴이 간질거릴 정도였다.

"사실은 명성 오빠한테 부탁을 받았어요. 이시현 씨를 도와줬으면 좋겠다는 것, 그리고 파스텔에서 주선한 김희영 씨의 만남을 망쳤으면 좋겠다는 것. 이 두 가지 부탁을요."

민희가 다시 이야기를 시작했다. 이건 준성도 몰랐던 사실이다. 준성의 눈이 놀라움으로 커졌다.

"형님이 로운 회원의 상황을 어떻게 아는 거지?"

"어떻게 알긴. 그 오빠, 남의 뒤를 캐는 수상쩍은 취미가 있잖아. 변태처럼 캐고 다녔겠지."

"아아."

준성이 쉽게 납득했다.

"윤예나가 싫으니까 파스텔도 싫고, 그래서 파스텔의 일을 망쳐달라는 부탁은 들어줬어요. 하지만 거기까지. 내가 이시현 씨를 도와야 할 이유는 없죠. 난 이시현 씨에 대해 모르니까."

"제가 도움을 받아야 할 만큼 위험한 상황인가요?"

시현의 질문에 민희가 답답한 듯 입을 다물었다. 팔짱을 끼고 생각에 잠겼던 민희는 곧 싸늘하게 웃으며 일어났다.

"그래요. 아직 모르겠죠. 질투에 미친 여자가 어디까지 할 수 있는지, 미친 여자가 힘까지 가지고 있으면 얼마나 더 광적으로 변하는지 한번 당해 보세요. 그리고 한 명이라도 더 내 편으로 끌어들이는 게 맞다고 생각되면 그때 내게 연락해요."

시현은 민희가 내민 명함을 받았다. 명함에는 'T 신문사 사회부 기자 차민희'라고 쓰여 있었다.

민희는 미련 따위 없다는 듯 그곳을 떠났다. 시현은 민희가 나가고 난 후에도 민희에게 받은 명함을 물끄러미 응시했다.

T 신문사라면 국내에서 네 손가락 안에 드는 거대 언론 기관 중 하나다. 거기서 사회부 기자를 하고 있다니.

'나랑 비슷한 또래로 보였는데…… 능력이 좋은가 봐.'

아주 잠깐 열등감이 싹틀 뻔했지만 옆에서 들려오는 준성의 헛기침 소리에 정신을 차렸다.

남과 자신을 비교하면서 에너지 낭비를 할 필요는 없다. 각자의 삶에는 각자의 방식이 있는 거니까.

"차민희 씨랑 사장님이랑 친해요?"

시현의 질문에 준성은 바로 대답했다.

"아니."

"……사장님이랑 친한 사람이 있기는 해요?"

"자네가 있잖아."

"아."

한 달 전에 들었다면 뛸 듯이 기뻤을 말인데, 지금은 그다지 기쁘다는 생각이 들지 않았다. 시현은 명함을 들고 일어났다.

"마시고 가."

준성이 채 한 모금도 마시지 않은 시현의 칵테일을 가리켰다. 시현은 어쩔까 하다가 일어선 채로 잔을 들어 단숨에 칵테일을 마셨다. 다소 반항적인 행동이었지만 준성은 늘 그렇듯 화내는 기색이 없었다.

"그럼 가보겠습니다."

"그래."

준성은 짧게 대답하고 자신의 잔을 만지작거렸다. 그 손가락이 쓸쓸해 보인다는 말도 안 되는 생각 때문에 시현은 바로 돌아서지 않았다. 시현은 잠깐 머뭇거리다가 어렵게 입을 열었다.

"사장님, 저…… 아까 김희영 씨한테 답장을 받아서 정여훈 씨에게 전달해 주고 왔어요."

"그래? 성공했네."

준성이 고개를 옆으로 살짝 기울여 시현을 쳐다보며 말했다. 어둑한 조명 때문인지, 자세 때문인지 준성의 눈매는 몹시도 요염했다.

"네, 성공했어요."

"그래, 잘했어."

준성은 부드럽게 미소를 지으며 말했다. 잘했다는 말보다 준성의 얼굴에 번진 미소가 더 큰 선물이었다. 시현은 좀 전보다 가벼워진 마음으로 바를 나서며 작게 소리 내어 웃었다.

4

"차준성이랑 짰지?"

험악한 기세로 집에 돌아온 대영이 다짜고짜 물었다.

대영은 예나가 파스텔의 일을 본격적으로 도와주겠다고 한 뒤로 기분이 좋은 상태였다. 습관처럼 내뱉던 '차준성'이라는 이름도 한동안 꺼내지 않았었는데, 갑자기 돌변한 대영 때문에 예나는 어리둥절해졌다.

"무슨 말이야?"

예나는 담배를 꺼내며 대영을 노려봤다.

"그래, 네가 갑자기 회사 일을 도와주겠다고 나설 때부터 이상했어. 차준성한테 뭘 받기로 했어? 파스텔을 망하게 하면 다시 받아주겠대? 너만 사랑해 주겠대? 아니면 이시현이라는 여자를 내보내겠대?"

"그러니까 갑자기 무슨 말이냐고?"

예나는 짜증을 속으로 삭이며 침착하게 물었다. 대영의 얼굴에 비릿한 미소가 떠올랐다.

"가증스럽군. 그래, 넌 원래 연기를 잘했지. 그 가증스러운 연기에 넘어간 내가 잘못이지만."

"……갑자기 왜 그러는데? 회사에 무슨 일 있어?"

"모르는 척하는 거야, 정말 몰라서 묻는 거야?"

"자기 나 몰라? 난 다른 사람 앞에선 몰라도 자기 앞에서는 연기 안 해. 말해 봐, 도대체 무슨 일이야?"

"정말이야? 정말로 차준성이랑 짜고 파스텔 망하게 하려고 작정한 거 아냐?"

"아니야. 내가 왜 내 남편 회사를 망하게 하려고 하겠어? 말했잖아, 파스텔 돕겠다고. 우리 할아버지도 좋은 반응을 보였다고. 내가 내 거짓말하자고 우리 할아버지까지 끌어들이겠어?"

대영은 미심쩍어하는 표정을 거두지 않고 예나의 앞에 앉았다. 초조한 듯 한쪽 다리를 덜덜 떨던 대영은 결국 예나를 믿을 수밖에 없다고 생각했는지 자초지종을 털어놨다.

"이상하네. 내가 최찬영에 대해 알아봤을 땐, 여자관계에 문제가 없었는데."

"그럼 김희영이 미쳤다고 G 제약회사를 상대로 거짓말을 하겠어? 뭔가 일이 있었으니까 파스텔 상대로 손해 배상 청구를 하겠다고 날뛰는 걸 거 아냐! 최찬영 측은 변명도 안 하고 있고!"

"그런 일로 손해 배상 청구까지 하겠대? 이래서 졸부들은 상대하기 힘들다니까. 주제도 모르고 열등감만 많아서는."

"지금 그게 문제가 아니잖아! 도대체 왜 그런 부분도 제대로 알아보지 않고 최찬영을 소개한 거야! 김 회장이 지금 나한테 기회라는 거 알면서!"

"알지, 왜 모르겠어? 하지만 최찬영 여자관계 부분은 정말 몰랐어. 거만하기 짝이 없는 놈이기는 하지만 여자관계는 나쁘지 않았거든. 일단 집안 좋은 것 빼고는 여자를 홀릴 만한 구석이 없으니까."

예나는 담배에 불을 붙였다.

'어떻게 된 영문인지 모르겠네.'

대영의 앞에서는 별일 아닌 척 행동했지만, 사실은 펄쩍 뛸 만큼 놀랐다. 이시현의 콧대를 눌러줄 첫 번째 기회를 놓치고 싶지 않아서 최찬영에 대해 확실하게 조사를 했다. 그런데 조사를 할 때는 전혀 드러나지 않았던 여자문제가 갑자기 드러났다는 게 이상했다.

"아무튼 좀 알아볼게. 자기, 성격 좀 죽여. 정말 무서워 죽겠어."

예나는 대영의 목덜미에 건성으로 입을 맞추고 돌아섰다. 돌아선 예나의 얼굴에선 미소가 깨끗이 사라지고 없었다.

5

민희가 신문사로 돌아와서 자신의 책상에 앉았을 때, 기다렸다는 듯 명성에게서 전화가 걸려왔다. 민희는 받지 않고 휴대폰에 뜬 이름을 노려봤다.

명성이 전화를 건 이유는 뻔했다. 시현의 일을 도와주기로 했냐고 물어보려는 거겠지.

아직 민희는 마음을 정하지 못했다.

시현은 의외로 나쁘지 않았다. 아니, 오히려 꽤 호감이 가는 축에 속했다. 기가 셀 것 같은 외모와는 반대로 순진한 행동거지도 마음에 들었다.

하지만 민희는 순진하기만 한 사람은 그다지 좋아하지 않았다. 그런 사람은 같이 놀기에는 즐거울지 모르지만 어떤 일을 함께 도모하기에는 좋지 않다.

아직 윤예나는 큰 움직임을 보이지 않고 있고, 이쪽이 경계한 것에 비해 별다른 움직임 없이 일을 접을지도 모르는 상황이긴 했다. 하지만 '자기편'이 한 사람 느는 것은, 그것도 해성 그룹 핏줄이 '자기편'이 되는 것은 꼭 윤예나의 일이 아니어도 앞으로의 인생에 있어서 좋은 기회였다.

민희는 기회가 생겼을 때 안면 몰수하고 그 기회를 꽉 붙잡을 줄 아는 뻔뻔한 사람이 좋았다.

아까 시현은 민희가 도움을 줄 생각이 있다는 내색을 했을 때, 어떻게든 민희를 붙잡아야만 했다. 하지만 시현은 그러지 않았다. 그게 자존심 때문인지, 자만심 때문인지는 알 수 없지만 민희의 눈에는 그저 좋은 기회를 줘도 못 잡는 바보로만 보였다.

윤예나가 어떻게 움직일지 모르는 상황에서 바보를 돕겠다고 나설 수는 없었다.

"겁을 주긴 했지만…… 윤예나가 의외로 대단한 일을 못 벌일 수도 있는 거고……."

오히려 문제는 명성과 준성, 정후가 시현을 너무 감싸고도는 데에 있었다.

"생각해 보면 김희영 일도 그 여자가 알아서 해야 하는 문제였던 거잖아. 어차피 라이벌 업체가 있으면 늘 겪는 일인데…… 나만 해도 내가 쓰려던 기사 다른 기자한테 뺏긴 적이 몇 번이나 있는데, 왜 내가 그 여자 회사 일 뒤치다꺼리까지 해줘야 하느냐고."

윤예나가 싫다는 이유만으로 달려들기는 했지만, 생각하면 생각할수록 괜한 짓을 한 기분이 들었다. 민희는 결국 명성의 전화를 받지 않았다. 명성은 세 번 정도 연결에 실패한 후로는 다시 전화를 걸지 않았다.

6

민희가 퇴근 준비를 하고 있을 때 모르는 번호로 전화가 걸려왔다. 업무용 휴대폰으로 전화를 거는 사람이야 다양했지만, 민희는 어째서인지 전화를 건 상대가 시현일 거라고 예상했다.

예상은 맞아떨어졌다.

[제 편이 되어 주셨으면 해요.]

먼저 자신을 밝힌 시현이 단도직입적으로 말했다. 시현의 목소리는 준성과 함께 있을 때보다 낮고 단호했다.

"아까는 됐다더니?"

[됐다고 한 적은 없어요. 다만…… 저는 다른 사람한테 제 이야기를 하는 게 익숙하지 않거든요.]

"준성 오빠한테 감추고 싶은 비밀이라도 있나 보죠?"

[사장님뿐만이 아니라, 나 자신도 몰랐으면 하는 이야기들이 있어서요.]

그냥 한번 던져본 말에 시현은 솔직하게 대답했다.

"그런데 왜 나한테는 말할 생각이 든 거죠? 준성이 오빠가 나보다 더 큰 도움이 될 수도 있는데."

[솔직하게 말해도 돼요?]

'지금까지도 솔직했으면서.'라고 생각하며 민희는 답했다.

"네, 난 솔직한 사람을 좋아해요."

[사장님은 저에 대해 궁금해하지도 않으시고, 설령 궁금하다고 해도 제 뒷조사를 하실 분은 아니에요. 귀찮은 걸 싫어하는 분이니까요.]

"나는 뒷조사를 하고요?"

[기자잖아요. 게다가 절 좋아하는 것 같지도 않고요. 그렇다

면 언젠가는 저에 대해 알아볼지도 모르겠다, 라는 생각을 했죠. 언젠가 알려지느니 차라리 내 입으로 말하고, 말하는 김에 민희 씨를 내 편으로 끌어들이자는 게 지금 제 생각이에요.]

솔직해도 너무 솔직한 답변이다. 그래서 매력이 있었다. 민희는 다른 사람이었다면 절대로 하지 않았을, 속마음을 있는 그대로 털어놓는 시현에게 끌리기 시작했다.

'만약 순진한 척, 솔직한 척하는 게 전부 연기라면 이 여자…… 정말 머리 좋은 건데.'

민희는 가방을 정리하던 손을 멈추고 시계를 확인했다. 시계가 걸린 벽 쪽에 앉아 있던 동료가 민희에게 술 한잔하러 가자는 손짓을 하고 있었지만, 민희는 고개를 가볍게 저어 거절했다. 더 재미있는 일이 있을 것 같은데 동료와의 술자리에 시간을 버리고 싶진 않았다.

"좋아요, 이시현 씨. 30분 뒤에 회사 앞으로 갈게요."

[회사에서 얘기하기는 좀…….]

"농담해요? 나도 차 사장 있는 데서 이시현 씨를 만나고 싶진 않아요. 차 타고 갈 테니까 회사 앞에서 기다려요."

7

정후가 사장실 문을 노크했지만 대답이 들려오지 않았다. 늘어져 있던 준성이 아예 양탄자가 되어 버린 건가 싶어 조심스레 문을 열고 들어갔다.

준성은 아까 봤을 때처럼 젖은 배추마냥 소파에 늘어져 있었다.

"사장님, 죽었어요?"

"자넨, 내가……."

"안 우스워요. 죽을상을 하고 누워계시는 걸 마지막으로 본 뒤로 기척도 없으니 비서로서 걱정할 만도 하잖습니까. 갑자기 사람 죽어나가면 장례식이며 뭐며, 신경 쓸 게 많다고요."

"장례식까지 걱정해 줘서 고마워."

"당연한 거 아닙니까. 그나저나 오늘도 회사에서 주무실 생각은 아니죠?"

"왜 아닐 거라고 생각하지?"

"어제도 회사에서 주무셨으니, 오늘은 집에 들어가는 것도 좋지 않을까 싶어서요. 생각이 아니라 소망입니다, 소망. 비서 김정후의 작고 소박한 소망."

"자네 소망이라면 어쩔 수 없지."

준성이 몸을 일으켰다. 그러자 정후가 준성에게 다가가 구겨진 옷을 정리해 주었다. 준성은 고개를 살짝 기울이고 옷을 정돈하는 정후의 손을 쳐다봤다.

"그런데…… 아가씨랑 시현 씨 사이에 무슨 일이 있었던 건 아니죠? 제가 시현 씨 사무실을 알려 주는 바람에……."

"민희가 이시현 씨랑 한편을 삼을까, 말까 고민 중인 것 같아."

"아, 그렇습니까? 하긴…… 아가씨는 윤예나 씨를 별로 좋아하지 않았으니까요."

준성과 정후는 함께 회사에서 나왔다.

"하지만 사장님, 아가씨가 시현 씨 편에 선다고 해서 윤예나 씨를 이길 수 있겠습니까?"

"글쎄."

그때, 준성은 회사 앞 도로에 세워진 검은 차에 시현이 오르는 걸 발견했다. 차는 시현이 문을 닫자마자 출발했다. 멀어지는 차체를 응시하며 준성이 중얼거렸다.

"분명한 건…… 난 윤예나보다 차민희가 더 무서워."

이야기 둘.

1

"말의 저주라는 걸 아세요?"

느릿한 음악이 흐르는 조용한 바. 시현은 주문한 칵테일이 나온 후에도 한참 동안 입을 다물고 있었다. 민희는 재촉하지 않고 시현이 생각을 정리하기를 기다렸고, 마침내 열린 시현의 입에서 나온 건 생각지도 못한 질문이었다.

"말의 저주요?"

"네, 말의 저주. 말에는 힘이 있어요. 특히 어린아이들에게는 그 힘이 더 크게 작용하죠. 넌 못 해, 넌 안 돼, 넌 못났어, 그런 말을 반복해서 듣다 보면 아무리 의지가 강한 아이라도 어느 순간부터는 정말 못 할까? 정말 안 되나? 정말 못났나?, 라는 생각이 들기 시작하면서 자신이 정말 그 정도밖에 안 되는 사람이라고 믿게 돼요."

시현은 쓰게 웃으며 칵테일 잔을 만지작거렸지만 끝내 입으로 가져가지 않은 채 덧붙였다.

"저에게 걸린 말의 저주는 '넌 네 엄마랑 똑같아.'였어요."

넌 네 어미랑 똑같아! 넌 다르게 살 것 같아?

그 남자의 잔혹한 목소리가 바로 옆에서 들려오는 듯했다. 지독히도 서늘했던, 그 남자의 뱀 같은 눈동자가 떠올랐다.

그 남자가 떠오를 때면 누군가와 함께 있어도 혼자 남겨진 기분을 느꼈다. 시현은 풀 한 포기 없는 황량한 불모지에 홀로 서서, 메마른 바람에 갈증을 느끼는 기분으로 말을 이었다.

"친아버지가 돌아가신 건 동생이 태어나고 채 한 해를 넘기기 전이었어요. 공사장에서 일을 하다가 사고로 돌아가셨다더라고요. 그때 저는 어렸기 때문에 친아버지가 어떤 사람이었는지도 잘 모르겠고, 돌아가셨을 때의 기억도 없어요. 그래서…… 기억이 시작하는 시점부터 우리 집에 똬리를 틀고 있던 그 남자가 내 친아버지인 줄 알았어요. 그래요, 그 끔찍한 남자의 피를 타고났다는 사실을 어린 시절부터 혐오스럽게 생각했었죠."

시현은 결국 갈증을 참지 못하고 칵테일을 한 모금 마셨다. 그리곤 지금껏 숙이고 있던 고개를 들어 민희를 바라봤다. 민희는 아주 진지한 표정으로 시현을 응시하고 있었다.

이 이야기를 다른 사람 앞에서 하는 게 얼마만의 일인지 모르겠다. 다시는 타인의 앞에서 과거의 일 따위 끄집어내지 않기로 결심했었는데.

"내 어머니는 우스울 정도로 생활력이 없는 여자였어요. 돌봐주는 사람이 없으면 안 되는, 그런 수동적인 사람이었죠. 그래서 친아버지가 돌아가시자마자 위로해주는 척 접근했던 그 남자에게 의지를 하게 됐고, 그 남자가 없으면 안 되는 상황이 되어 버린 거예요. 어쨌든 그 남자는 나가서 일을 하고 생활비를 벌어 왔으니까요. 하지만 그 남자는 어머니가 생각한 것처럼 다정하고 따뜻한 사람이 아니었어요. 그 반대였죠. 그 남자에게 필요한 건 자신의 욕구와 분노와 짜증을 받아낼 줄, 일종의 몸종이었던 거예요."

어머니는 그 남자의 바람에 딱 맞는 여자였다.

"그 남자가 없으면 굶어 죽을 테니 어머니는 그 남자가 술을 마시고 들어와 폭력적으로 변해도 견딜 수밖에 없었어요. 그 남자가 자신을 구타해도, 자신의 친딸과 친아들에게 이유 없이 발길질해도 그 남자를 말리지 않았죠."

민희의 얼굴이 일그러졌다.

"그 남자의 구타가 부당하다고 생각하기에는 저랑 제 동생이 너무 어렸어요. 우리는 그저 우리가 잘못했으니 맞나 보다, 원래 아버지들은 다 이런가 보다, 그렇게 생각하면서 가만히 맞았죠. 그렇게 맞다 보니까, 어느새 그게 습관이 되는 거예요. 그래서 언제부턴가는 그 남자가 때리지 않는 날이 더 불안하더라고요. 나중에 초등학교에 들어가 다른 친구들을 만난 후에야 알게 됐어요. 세상의 모든 아버지가 다 자신의 자식과 아내를 그렇듯 마구잡이로 폭행하지 않는다는 걸요."

민희가 작게 한숨을 쉬었다. 이렇게 무거운 이야기일 거라고는 생각하지 못했다.

"그런 사실을 알게 됐다고 바로 부모를 원망하거나 하진 않았어요. 아이들은 그렇잖아요. 부모는 일종의 신과도 같은 존재니까, 부모의 잘못은 없을 거라고 생각하죠. 저 역시 그랬어요. 저는 아버지가 절 그렇게 때리는 이유가 제가 못났기 때문이라고 생각했죠. 그래서 칭찬을 받기 위해 열심히 노력했어요. 공부도 열심히 하고 솔선수범해서 학교 일을 도왔죠. 제 성적은 늘 전교 1, 2등이었고 학기 말 통지표엔 선생님의 칭찬만 가득 적혀 있었어요. 저는 당연히 아버지가 기뻐할 거라고 생각했죠. 하지만 전 그 남자의 친딸이 아니었고 제 성적 같은 걸론 그 남자를 기쁘게 할 수 없었어요. 아니, 오히려 더 화나게 만들었죠."

그래서 어쩌라고? 엉? 공부 좀 잘하면 부잣집 남자 만나서 잘살 수 있을 것 같아? 네 어미랑 다르게 살 수 있을 것 같냐고!

그 남자의 음성이 아프리만치 생생하게 귓가를 파고들어 왔다. 시현은 잠시 말을 멈췄다. 오래된 이야기인데도 여전히 고통스러운 것은, 자신이 그 일을 조금도 극복하지 못했기 때문이다. 조금이라도 극복했다면 그저 과거의 일일 뿐이라고 가볍게 넘길 수 있을 텐데.

"그래도 노력했어요. 언젠가는 아버지가 알아주겠지, 언젠가는 다른 친구들의 아버지처럼 날 데리고 놀이공원에도 가고 여행도 다니고 그러겠지. 내가 더 열심히 해서 똑똑해지고 착한 아이가 되면, 아버지도 자랑스러워하면서 주위 사람들에게 내 칭찬도 하고 흐뭇하게 웃어 주겠지. 어린 이시현은 그런 꿈을 꿨어요. 아주 간절하게, 정말 아주 간절하게요. 그리고 초등학교를 졸업하기 전에 그 남자가 내 친아버지가 아니라는 걸 알게 됐죠."

"어떻게 알게 됐어요?"

"아이라면 누구나 그렇지만, 초등학교 저학년 때는 공부를 잘하고 선생님한테 예쁨 받는 친구를 동경하죠. 하지만 고학년이 되면서 이 사회가 경쟁이라는 논리로 움직인다는 걸 알게 돼요. 친구들과 어울리는 것보다 선생님한테 칭찬을 받으려고 애쓰는 내 모습이 주위 애들에게는 고까워 보였을 거예요. 어느 순간 저는 따돌림을 당하고 있었고, 저를 괴롭히던 애들 입에서 그 이야기가 나왔어요. 우리 엄마가 그러는데, 쟤네 엄마 어쩌고저쩌고하는⋯⋯ 그런 흔해 빠진 상황 있잖아요. 그래서 알게 됐죠. 제가 아무리 노력해도 저의 '친'아버지에게 사랑을 받는 일은 영원히 일어나지 않을 거라는 걸."

재네 엄마 싸구려래.

너네 엄마, 남자 없이는 못 산다면서?

너네 집에 있는 그 남자도 진짜 아빠가 아니라며?

그 의미도 알지 못한 채 내뱉었을 아이들의 말 한 마디 한 마디가 시현을 상처 입혔다. 그들이야 말을 하면서도 몰랐겠지만, 조숙했던 시현은 그 말들이 어떤 의미인지 모두 알 수 있었다.

그 얘기를 들은 날, 시현은 집에 달려가 어머니에게 물었다.

"정말이에요? 정말로 아빠가 진짜 내 친아빠가 아닌 거예요?"

그 말에 어머니는 어떻게 반응했더라?

"그 얘기 너네 아빠 앞에서는 하지 마! 아빠가 얼마나 고마운 사람인 줄 알아?"

불현듯 불거져 나온 시현의 날카로운 음성에 민희가 미간을 좁혔다. 시현은 차게 웃으며 말했다.

"그게 아빠가 친아빠가 아니었냐고 묻는 내 말에 어머니가 한 대답이에요. 자기 친자식을 구타하는 남자에게 어머니는 고마워하고 있었던 거죠. 믿어지세요?"

민희는 대답 없이 시현을 바라봤다.

시현의 눈매가 더는 날카롭게 보이지 않았다. 고양이를 닮은 아몬드형의 눈 가득 슬픔이 고여 있었다. 그러나 그 슬픔은 방울 맺혀 떨어지지 않고 다시 시현의 안으로 숨어들어 갔다.

"하지만 그 당시의 전 어머니와 똑같았어요. 집이 없으면, 그 남자가 없으면 살지 못할 거라고 생각했죠. 그래서 그 남자가 내 친아버지가 아니라는 걸 알면서도 참는 수밖에 없었어요. 부당한 구타에도, 폭언에도 그저 꾹 참았죠. 그리고 동생도 마음에 걸렸어요. 제가 커가면서 저에 대한 폭력은 조금씩 줄어들었지만, 동생에 대한 폭력은 멈추지 않았거든요. 그렇게 저는 중학교 시절을 보냈고 고등학생이 됐죠. 그리고 고등학교 1학년 때 제 몸은 2차 성징을 겪게 돼요. 소녀에서 여성이 된 거죠."

민희의 표정이 굳었다.

민희는 술잔을 꽉 움켜쥐었다.

"설마······?"

"네, 맞아요. 그 남자는 절 여자로 보기 시작했어요. 어깨를 스치던 손이 허벅지로 향하고, 머리카락을 만지던 손이 허리로 옮겨갔죠. 저는 어머니에게 도움을 청했지만 돌아온 건 참으라는 말뿐이었어요. 그 사람 없이는 못 살잖니, 네가 좀 참아, 그 사람 아니면 우리가 어떻게 사니? 응? 열일곱 살짜리 딸이 자기 남편이라는 사람한테 성적인 스킨쉽을 당하는데도 어머니는 참으라고만 했어요. 하지만 저는 참을 수가 없었죠. 그래서 대들었고, 제가 대들 때마다 그 남자는 말했어요."

날 벗어나면 더 잘살게 될 것 같아? 어차피 그 피가 그 피야. 넌 결국 네 엄마랑 똑같이 살걸? 네 엄마처럼 남자 없이는 못 살게 될 거라고!

"저는 도망치고 싶었어요. 굶어 죽어도 좋으니까 그 남자한테서 벗어나고 싶었죠. 하지만 그럴 수 없었던 건, 그런 어머니도 어머니라고…… 어머니와 동생이 마음에 걸렸기 때문이에요. 내가 집을 나가면 우리 엄마는? 내 동생은? 그런 생각으로 견뎠죠. 그리고 제가 열여덟 살이 됐을 때, 그 남자가 한밤중에 내 방으로 기어 들어왔어요."

아직도 그날의 일을 기억한다.

몸을 겹치고 누르던 강한 힘, 거친 숨소리, 혐오스러운 손길. 현재 진행형인 듯 생생하게 떠오르는 기억들.

시현은 말을 멈추고 눈을 감았다. 그러지 않으면 간신히 삼

킨 눈물이 비집고 올라올 것만 같았다.

　민희가 무슨 말이든 해 주기를 바랐다. 이제 그만 얘기해도 된다고, 더는 하지 말라고 말을 끊어 주기를 바랐다. 그러나 민희는 말없이 시현이 입을 열기만을 기다리고 있었다.

　시현은 다시 눈을 뜨고 민희와 눈을 맞췄다.

　"저는 입을 막고 있던 그 남자의 손을 깨물고 비명을 질렀어요. 방음이 잘되는 집도 아니었고, 그리 큰 집도 아니었어요. 그런데 어머니는 날 도와주러 오지 않았죠. 무슨 일이 벌어지고 있는지 뻔히 알면서도. 그 남자의 행동보다 어머니의 행동이 더 충격이었어요. 나는 그래도 친어머니라고 생각했는데, 피가 통하는 내 가족이라고 생각했는데…… 아니었던 거예요. 그 남자의 아래에서 전 그 사실을 깨닫고 결심했죠. 이 집을 벗어나야겠다고. 저는 있는 힘을 다해 그 남자를 깨물고 그 남자에게서 벗어났어요. 동생을 생각할 틈도 없었죠. 정신없이 그 집을 벗어났을 때 제가 가진 거라곤 몸에 걸치고 있던 찢어진 옷과 낡은 코트, 그것뿐이었어요."

　가장 힘든 부분을 털어놨다. 그 후부터는 좀 더 쉽게 이야기할 수 있었다.

　그 집을 나온 후, 시현은 힘든 삶을 보냈다. 수중에 한 푼도 없었기 때문에 처음 며칠은 노숙을 할 수밖에 없었다. 시현은 집에서 조금이라도 먼 곳으로 가기 위해 계속 걸었고, 일할 수 있는 곳이 있을지 알아봤다.

미성년이기에 일자리를 쉽게 구할 수가 없었다. 점주들은 주민등록증을 요구했고, 그걸 건넸다가 행여 가출했다는 것이 알려질까 봐 시현은 주민등록증 없이도 일을 시켜 주는 곳을 찾아야만 했다.

간신히 구한 일자리는 고깃집이었다. 사장은 시현에게 말 못 할 사정이 있다는 걸 알고도 시현을 채용해 주었지만 그리 좋은 사람은 아니었다. 오히려 시현의 상황을 이용해 시현이 적은 돈으로도 일할 거로 생각하곤 어이없을 정도로 적은 시급을 제시했다. 하루 종일 일해도 작은 원룸 하나 구하기 힘든 돈이었다. 하지만 시현은 그 일을 하는 수밖에 없었다. 하나 다행인 건, 식사는 제공해 준다는 점이었다.

시현은 가게 오픈부터 오프 때까지 종일 일했다. 혹시라도 사장이 마음에 안 들어서 내쫓을까 봐, 지각 한 번 하지 않고 일을 했다. 그렇게 한 달 동안 번 돈으로 옆방에서 내쉬는 숨소리까지 들릴 만큼 낡은 고시원에 들어가 살 수 있었다.

방값을 내고 남은 돈은 얼마 되지 않았다. 시현은 그 돈으로 고등학교 문제집을 구입해 독학을 시작했다.

하루에 채 3시간도 못 자는 생활을 하면서도 버틸 수 있었던 건, '엄마처럼 살지 않을 거야.'라는 생각 때문이었다. 능력이 없어 남자에게 의존해야만 살 수 있는 여자가 되고 싶지 않았다.

"그렇게 모은 돈으로 검정고시를 치르고, 수능도 치렀어요. 아무래도 하루에 3시간 정도밖에 공부할 시간이 없다 보니 그리 좋은 대학에 갈 수는 없었죠. 그래도 대학에 입학했을 무렵에는 어머니와 다르게 살 수 있을 거란 희망이 있었어요. 나 같은 여자도 평범한 사람을 만나서 평범한 일을 하고, 평범한 결혼 생활을 할 수 있을 거라는 희망. 방 세 칸, 네 칸짜리 큰 집을 바라는 건 아니었어요. 원룸에 살더라도 햇빛 좋은 날에는 가족들 손을 잡고 나들이를 나가는, 그런 결혼 생활을 꿈꿨어요. 그래서 커플매니저가 되기로 한 거예요. 저와 같은 상황이었던 여자들이 행복한 결혼을 할 수 있다는 걸, 사랑받을 수 있다는 걸 저 자신에게 증명하고 싶었거든요. 그렇게 입사를 했는데 한 회사의 사장이란 놈은 성희롱이나 해대고, 또 다른 한 회사의 사장……님은 치정 싸움에 절 끌어들인 거였더라고요. 설상가상으로 엄청난 힘이 있는 여자가 저한테 해코지를 하려고 한다는 얘기까지 들었고…… 그래서 최근에는……."

하아…… 시현은 작게 한숨을 흘렸다.

"난 정말 안 되나, 그런 생각이 들기도 해요. 자, 여기까지가 제 이야기예요."

시현은 새삼 민희가 대단하게 느껴졌다.

남이 살아온 이야기 따위 재미없고 지루할 게 뻔한데도, 민희는 긴 시간 동안 그걸 들으면서 한 번 그런 내색을 하지 않았다.

"일단…… 어려운 얘기를 하게 만들어서 미안해요."

민희가 말했다.

"시현 씨는 내가 생각했던 거랑 다른 사람이네요. 솔직히 말하자면, 시현 씨가 돈 많은 남자 홀려서 인생 역전하려는 그렇고 그런 여자일 거라고만 생각했거든요."

"제가 그렇게 보였나요?"

"아무래도 그렇죠. 준성이 오빠한테 접근하는 여자들의 대부분이 그런 의도니까. 뭐, 잘난 얼굴도 한몫하겠지만."

시현은 고개를 숙였다. 민희가 준성을 향한 시현의 마음을 눈치챈 게 틀림없었다.

"난 씩씩한 사람을 좋아해요. 진취적인 사람도 좋아하죠. 시현 씨는 그런 사람인 것 같네요. 알겠어요, 시현 씨 편에 서죠. 윤예나가 무슨 짓을 하면 내가 도와줄게요."

그 말에 시현이 번쩍 고개를 들었다.

"아뇨, 전 그런 것보다…… 친구가 되고 싶어요."

시현의 말에 굳어 있던 민희의 얼굴이 부드럽게 펴졌다.

"시현 씨, 머리 좋은 사람이네요. 친구인 게 더 확실하게 내 편으로 끌어들이는 방법이니까…… 맞죠?"

시현은 대답 없이 웃었다. 민희는 그런 시현이 밉지 않았다.

"좋아요. 어차피 같은 나이고…… 한편이 되기로 했는데 친구라고 못 할 것도 없죠. 친구 해요, 우리."

밤늦게 여자 혼자 택시를 타는 건 위험하다며 민희가 시현을 집 근처까지 데려다주었다. 시현이 내리기 전, 민희가 말했다.

"친구로서 조언 하나 해 줄게요."

"조언이요?"

"이시현 씨는 예뻐요. 매력도 있고요."

누가 봐도 예쁜 민희의 입에서 그런 말이 나오니 민망했다. 얼굴을 붉히는 시현에게 민희가 계속해서 말했다.

"그리고 준성이 오빠는 지금 윤예나를 조금도 사랑하지 않아요. 잘 생각해 봐요. 지금 차 사장의 눈이 어디로 향해 있는지를."

2

민희는 날 선 눈으로 명성을 노려봤다. 저 의뭉스러운 너구리 같은 남자는 민희의 태도에도 아랑곳하지 않고 그저 느긋하게 앉아 있을 뿐이었다. 민희는 명성을 한 대 때려 주고 싶다고 생각하며 입을 열었다.

"오빤 알고 있었지?"

"뭘?"

명성은 전혀 모르겠다는 듯 어깨를 으쓱했지만, 민희는 명성이 전부 알고 있었고 확신했다.

"이시현 씨의 과거에 대해 알고 있었잖아!"

"뭐, 대충은. 근데 시현 씨가 벌써 너한테 털어놓은 거야? 나한테는 아무 말도 안 해 줬는데. 역시 수석 기자는 대단해."

"아직 수석 기자 아니거든!"

"그래도 대단해. 시현 씨, 그 얘기 나한테는 절대로 안 해 줬거든. 내가 아무리 잘해 줘도. 그런데 넌 오늘 만나자마자 들은 거잖아."

"그러니까 오빠가 나쁜 놈인 거야. 그냥 오빠가 나한테 말해 줘도 됐던 거잖아. 그 얘기, 좋은 얘기도 아닌데…… 이시현 씨가 나한테 그 얘기들을 털어놓으면서 기분이 어땠겠어? 오빤 내가 어떤 식으로 행동할 줄 알고 있었잖아. 그러면 미리 언질이라도 줬어야지."

민희는 시현에게 보였던 자신의 행동을 후회하고 있었다.

시현과 비슷한 삶을, 아니, 그보다 더 괴로운 삶을 살아온 사람들이 많다는 건 알고 있었다. 그들이 괴로운 과거를 얼마나 무거워하는지, 얼마나 드러내고 싶어 하지 않는지도 알고 있었다.

민희는 그런 삶을 사는 사람들이 느끼는 고통이 어느 정도나 되는지 짐작조차 할 수 없었지만, 그것을 함부로 건드리면 안 된다는 것쯤은 알았다. 때문에 처음 대면하는 시현을 몰아붙여 꺼내고 싶지 않았을 과거의 이야기까지 꺼내게 만든 게 마음에 걸렸다.

"좋은 얘기는 아니지."

명성의 입가에 걸려 있던 미소가 사라졌다. 명성은 심각한 표정으로 이 자리에 없는 누군가를 노려보듯 눈에 힘을 줬다. 그리고 조용히 되뇌었다.

"그래, 정말 좋은 얘기는 아니지."

"그걸 아는 사람이!"

"그래, 나는 알아. 그리고 너도 알지. 타인의 아픈 과거는 함부로 건드리면 안 된다는 걸. 그걸 이용하는 건 사람이 할 짓이 아니라는 걸 너도 알고 나도 알아. 준성이도 알고 정후도 알 거야. 하지만 그걸 모르는 사람들도 분명 존재하거든."

명성이 민희를 응시했다.

"이시현 씨의 집안 사정은 조금만 조사해도 알 수 있는 것들이야. 실제로 나도 쉽게 알아냈으니까. 그렇다면 윤예나한테도 쉽겠지."

"……."

"그리고 윤예나는 몰라. 어떤 사람에게는 건드리지 말아야 하는 상처가 있다는 걸."

"그래, 오빠 말이 맞아. 윤예나가 이시현 씨 과거를 알게 되면 분명 이용하려고 들겠지. 근데 그게 이시현 씨가 나한테 과거를 털어놓는 거랑 무슨 상관이 있는 거야?"

"상처를 치료하려면 우선 그 상처를 의사에게 보여 줘야 해."

"내가 의사라도 된다는 거야?"

"이시현 씨에게 의사는, 믿을 만한 누군가겠지."

"그러니까 그런 건 차 사장이 하면 되는 거잖아."

"그놈은 고백이 우선이지."

민희는 입안의 살을 잘근잘근 씹었다.

명성이 말하고자 하는 바는 알 수 있었다.

깊이 파인 상처는 쉬이 낫지 않는다. 낫더라도 흉터를 남긴다. 하지만 흉터는 만져도 아프지 않다.

사람은 마음에 입은 상처가 낫지 않았을 때는 그 사실을 쉽게 드러내지 못하고 꽁꽁 싸매고 있지만, 그것을 극복하게 되면 아무렇지도 않게 그때의 상처에 대해 이야기를 하기도 하고, 또 때로는 그것을 농담거리로 삼을 만큼 둔해진다.

명성은 시현이 그 상처를 극복해 윤예나 다른 누군가가 아무리 그 상처를 헤집으려고 해도 웃어넘길 수 있게 되기를 바라는 게 분명했다.

"하지만 그게 쉽겠어? 새아버지가 날 강간하려고 했다. 하지만 친어머니는 그걸 알면서도 모르는 척했다. 이유는 돈 벌

능력이 없어서. 간단하고 어떻게 보면 진부하기까지 한 이야기지만, 당한 사람 입장에서는 지옥 같은 경험이야. 나 같으면 내 친어머니가 돈 벌 능력이 없어서 남자한테 맞고 살기만 했어도 창피해서 고개도 못 들고 다녔을 거야. 그런데 이시현 씨가 그 모든 걸 극복할 수 있겠어?"

"그걸 너한테 묻고 싶었어. 이시현 씨가 극복할 수 있는 여자로 보여?"

"글쎄."

민희는 확실하게 대답할 수 없었다.

마음의 상처라는 것은 그렇게 쉽게 극복할 수 있는 게 아니다. 상당한 기간 전문적으로 치료를 받고, '나 완전 극복했어!'라고 말할 수 있게 된다 해도, 어느 순간 다시 벌어지고 마는 게 바로 상처다.

"잘 모르겠어. 아니, 솔직하게 말하자면 극복하지 못할 거라고 생각해."

"그래, 나도 그렇게 생각해. 그러니까 상처 없는 네가 좀 도와줬으면 좋겠다고 생각한 거야."

"왜 이러서? 나도 상처 많은 여자거든? 집안 때문에 진짜 하고 싶었던 일도 포기하고, 지금도 봐봐. 수작 부리는 것들 뒤나 캐고 다니잖아!"

모델을 그만뒀을 때의 일이 떠오른 듯 눈을 부릅뜬 민희를 보며 명성이 말했다.

"돕는 김에 너도 시현 씨 도움 좀 받아."

"내가 왜 도움이 필요해!"

"시현 씨한테 그 성격 받아줄 남자 좀 찾아달라고 해."

"……."

3

날씨가 한결 따뜻해졌다. 거리 곳곳에 활짝 핀 꽃을 심심치 않게 발견할 수 있었다. 화사한 꽃에서 묻어나오는 햇살 때문에 걸어 다니는 사람들의 표정도 한결 밝아 보였다.

하지만 시현은 거리는커녕 회사 근처의 꽃을 즐기지도 못할 정도로 혼란에 빠져 있었다.

민희를 만난 지 3일이 흘렀다. 민희는 윤예나가 쉽지 않은 여자라고 경고했지만, 아직까지 윤예나 쪽에서는 이렇다 할 움직임을 보이지 않았다. 그리고 정여훈에게서 답장을 받아

김희영에게 전달했고 둘의 표정이 모두 밝아서 안심했다.

그럭저럭 일이 잘 풀리고 있는데도 혼란스러운 이유는, 민희가 헤어지기 전 남겼던 말 때문이었다.

> 잘 생각해 봐요. 지금 차 사장의 눈이 어디로 향해 있는지를.

처음에는 그 말의 의미를 이해할 수가 없어서 가볍게 넘겼다. 그 말이 다시 다가온 건 차민희가 앞에 덧붙였던, '친구로서의 조언'이라는 말을 떠올린 후였다. 시현이 본 차민희는 친구로서의 조언이라며 그런 농담을 건넬 사람이 아니었다.

그래서 시현은 그 의미심장한 말의 의미를 이해하기 위해 준성의 눈이 바라보는 곳이 어디였는지 고민하기 시작했다. 그리고 아주 쉽게 떠올릴 수 있었다.

시현의 기억 속에 남아 있는 준성의 눈동자는 늘 시현을 향하고 있다는 걸.

'하지만 그건 사람과 눈을 맞추고 대화하는 사장님의 버릇일 뿐인 거잖아…….'

라고 생각하려 했다. 그렇게라도 하지 않으면 가슴속에 피어나는 허황된 희망을 억누르기 힘들 것 같았다. 하지만 기다렸다는 듯 떠오르는 생각들을 막을 수 없었다.

준성은 언제나 시현을 보고 있었다.

'넌 옷이 후져서 안 돼.'라고 말했던 준성은 시현을 위해 옷을 사다 주었고, 시현에게 VIP를 만날 수 있는 기회를 만들어 주었고, 시현이 만들어 준 도시락을 깨끗이 먹었고, 외롭다고 시현을 불러댔고, 시현이 도망치듯 멀어지려고 하면 버려진 강아지 같은 눈으로 시현을 바라봤다. 그리고······.

'나한테 예쁘다고 말해 줬어.'

그렇게 말했다.

예쁘다고, 충분히 예쁘니까 마사지 팩 같은 거 붙이지 않아도 된다고, 준성은 그렇게 말해 줬다.

그때는 준성이 남자를 좋아하는 줄 알았으니, 여자에게 하는 예쁘다는 말에는 큰 의미가 없을 거라고 생각했다. 하지만 준성은 남자를 좋아하지 않는다. 그렇다면 시현에게 했던 예쁘다는 말의 의미도 달라진다.

'설마······.'

이러다가는 '차준성이 이시현을 좋아한다.'라는 터무니없는 오해를 하게 될 것만 같다. 그래서 시현은 한 걸음 뒤로 물러서서 제삼자의 입장으로 자신과 준성의 모습을 그려 보기로 했다.

그랬더니 그동안 놓쳤거나 아무렇지 않게 넘겼던 준성의 행동들이 보다 분명한 의미를 띠고 다가왔다. 또 자꾸만 시현과 준성을 만날 수밖에 없게 만들던 명성과 정후의 행동도, 시현에게 악의에 찬 눈빛을 보내던 예나의 행동도 이해할 수 있게 됐다.

다만, 그 모든 건 '차준성이 이시현을 좋아한다'는 전제가 있을 때 가능한 얘기였다.

'그래도…… 사장님이 왜 날……?'

준성의 입장에서 본다면, 시현은 '애인 뺏어간 친구에게 복수하기 위해 섭외해 온 수상쩍은 여자'밖에 안 됐다. 준성처럼 모든 것을 가진 남자가 그런 여자를 좋아할 이유가 없었다.

하지만 곧 그런 생각을 하는 자신을 비웃었다.

집안, 학벌 등에 개의치 않는 진실한 사랑, 행복한 결혼이 있다는 걸 증명하기 위해 커플매니저가 됐는데, 자신부터가 먼저 그 사실을 부정한다는 게 우스웠다.

'하지만 내 일이 되면 자신감이 사라지는걸.'

시현은 혼란스러웠고 준성을 어떻게 대해야 할지 모르겠어서 벌써 3일째 준성을 피해 다녔다. 준성의 얼굴에 번지는 구름 같은 미소를 보고 싶지만, 그 미소를 봤을 때 어떤 식으로 행동해야 할지 알 수 없었다.

머릿속이 준성으로 꽉 채워져 있었기 때문에 로비에서 혼란의 원인을 마주쳤을 때는 깜짝 놀랐다.

준성은 넓은 어깨와 긴 다리를 돋보이게끔 하는 감색 정장을 입고 있었다. 안에는 연회색 와이셔츠, 그리고 나비넥타이.

웬 나비넥타이?

파티에 갈 법한 차림새에 놀라기도 전에 시현을 발견한 준성이 성큼성큼 다가왔다. 준성은 닫히려는 엘리베이터 문을 한 손으로 잡아 멈춘 후, 눈을 동그랗게 뜨고 있는 시현에게 말했다.

"꽃구경 가자."

평소 퇴근 시간을 정확히 지키던 정후였지만, 오늘만큼은 퇴근 시간이 지났는데도 비서실에 남아 있었다. 정후의 단정한 얼굴은 흐뭇한 미소로 흠뻑 젖어 있었다. 정후는 콧노래를 부르며 아까의 일을 떠올렸다.

정후가 주선한 VIP 고객들이 이번에 결혼을 하게 되어서 웨딩 파티를 진행할 근사한 호텔을 알아보고 있는데 준성에게 호출이 왔다. 준성이 먼저 부르는 일은 거의 없기 때문에, '이 양반이 또 뭐라고 칭얼거리시려고.'라고 생각하며 사장실로 들어갔다.

그나마 다행인 건 준성이 어제부로 옷 입고 풀장에 누워 해달 짓을 하는 걸 그만뒀다는 점이었다.

준성은 웬일인지 소파가 아닌 업무용 의자에 다소곳하게 앉아 있었다. 설마 일하는 건 아니겠지, 라는 생각으로 조심스레 다가가자 준성이 말했다.

"이시현 씨가 벚꽃놀이를 가고 싶대."

'어쩌라고요!'라고 외치고 싶은 마음을 억누르며 정후는 정중하게 물었다.

"그 얘기를 왜 저한테 하시는 겁니까? 제가 이시현 씨랑 벚꽃놀이까지 가야 합니까?"

"응, 다녀와."

'이 양반아, 그게 말이 돼!'라고 절규하고 싶었지만 정후는 주먹을 꽉 움켜쥐는 걸로 분통 터지는 가슴을 진정시켰다.

"사장님, 저는 바쁩니다."

"나도 바빠."

"그러시겠죠. 업무용 의자에 허리를 꼿꼿이 세우고 앉아 있는 게 한가한 일은 아니죠."

"농담 아냐."

"저도 농담을 즐기는 인간은 아닙니다. 그럼 나가보겠습니……."

"이시현 씨가 하고 싶은 건 다 할 수 있으면 좋겠어."

준성의 간절한 음성에 정후는 움직임을 멈췄다.

"그럼 하게 해 주면 되잖습니까."

"그러니까 자네가……."

"사장님이 직접 좀 하세요. 제가 사장님 짝사랑까지 챙기려고 비서 노릇 하는 줄 아십니까?"

"아니었어?"

"네, 아닙니다! 그런 거 자꾸 해드렸더니 사람들이 사장님이랑 제 사이를 오해하잖아요. 그러니까 이제 그만 하렵니다."

"그럼 이시현 씨 벚꽃놀이는 어떻게 해?"

"벚꽃놀이가 이시현 씨의 인생에 있어서 그렇게 중요한 건지는 모르겠습니다만…… 그렇게 중요한 거라면, 사장님이 직접 하시라니까요."

"이시현 씨는 날 피하잖아."

"사장님이 언제 그런 거 신경 쓰시는 분입니까? 제가 그렇게 피해도 잘만 무시하셨으면서."

"자네, 날 피했어?"

"엄청요. 보통사람은 상상도 못 할 만큼 피했죠."

"아아, 몰랐어. 미안해."

"하아."

정후는 작게 한숨을 쉬며 얼굴만 근사한 자신의 상사를 쳐다봤다. 평소에는 진드기처럼 소파에 들러붙어 있어서, '방역 업체를 부를까?' 고민을 하게 만들던 사람이 갑자기 업무용 의자에 앉아 있는 데는 그만한 이유가 있을 것이다. 아마도 한 번도 해 본 적 없는 '벚꽃놀이'가 뭔지 검색을 해봤겠지.

어린 시절부터 준성을 봐온 정후였다. 당연히 준성과 예나의 연애도 지켜봤다.

준성은 연애를 할 때 먼저 움직이는 타입이 아니었다. 그런 준성이 먼저 '벚꽃놀이'를 검색할 정도라면, 이제는 그만 애를 태워도 괜찮을 것 같았다.

"사장님, 해봅시다."

어차피 할 거면 제대로 도와줘야겠다고 결심한 정후가 단호하게 말했다. 준성이 나른하게 정후를 올려다봤다.

"뭘?"

"이시현 씨에게 최고의 벚꽃놀이를 선물해 주자고요. 사장님 손으로 직접."

그래서 정후가 멋진 옷을 골라왔고, 시현의 퇴근 시간에 맞춰 준성을 내보내기 전 나비넥타이까지 매주었다. 이 정도의 차림새면 어디 내놔도 빠지지 않겠지.

이게 아들의 첫 데이트를 지켜보는 아버지의 마음인가 싶었다. 덕분에 야근을 하게 생겼지만 정후는 마냥 흐뭇하기만 했다.

'시현 씨, 깜짝 놀라겠지?'

4

시현은 깜짝 놀랐다.

꽃구경? 나비넥타이를 매고?

이 남자가 제정신인가 싶어 준성의 표정을 살폈지만, 그의 완벽한 얼굴은 여느 때처럼 완벽하게 진지했다.

준성은 말없이 시현의 대답을 기다리고 있었다. 옆 엘리베이터에서 내린 사원들이 흥미롭다는 시선을 던지는 통에 시현은 민망해졌다. 그런 한편으로는 지금까지 고민하고 있던 것들이 떠올랐다.

예전이라면 '사장님, 진짜 꽃구경하고 싶으신가 보다.'라고 생각했을 테지만, 지금은 다른 생각이 앞섰다.

'사장님, 정말로 날 좋아해서 이러는 건 아니겠지?'

그런 식으로 생각을 해서인지, 그의 검은 눈동자가 여느 때보다 농밀한 감정을 담은 듯 느껴졌다. 시현은 마른침을 삼키며 준성의 목에 맨 나비넥타이로 시선을 옮겼다.

예쁜 모양으로 접힌 나비넥타이. 누구나 접을 수 있을 것 같은 저 넥타이도 사실은 어마어마하게 비싸겠지, 라는 엉뚱한 생각을 한 건 넥타이의 가격이 정말 궁금했기 때문이 아니라, '차준성이 이시현을 좋아해!'라는 생각에서 잠시라도 벗어나고 싶었기 때문이었다.

준성은 시현의 대답을 기다리고 있었고, 시현으로선 마냥 대답을 피할 수만은 없었다. 그래서 머뭇거리다가 조심스레 물었다.

"꼭…… 그 차림새여야만 하나요?"

"그럼 옷 사러 가자."

라는 준성의 말에 따라 해성 백화점으로 향했다. 명품관이 아닌 본점으로 들어가려는데, 명성과 입구에서 마주쳤다.

"아니, 이런 곳에서 다 마주치네요! 오랜만입니다, 시현 씨."

명성은 우연히 마주친 듯 행동했지만 시현은 '그 오빠, 남의 뒤를 캐는 수상쩍은 취미가 있잖아. 변태처럼 캐고 다녔겠지.'라던 민희의 말을 떠올렸다. '혹시 명성이 준성의 일거수일투족을 감시하는 게 아닐까?' 그런 의문을 품고 명성에게 인사했더니,

"이거 참, 한 쌍의 사랑스러운 병아리들 같네요."

라는 말이 돌아왔다.

"그런데 백화점엔 어쩐 일이십니까? 데이트하러 오셨습니까?"

명성의 질문에 시현은 얼굴을 붉혔다.

"아뇨, 옷 사러……."

"옷이요? 그럼 명품관으로 안내해드릴까요?"

"아니에요. 평범한 옷을 사고 싶어요."

"평범한 옷이요?"

"네, 사장님이 입으실 평범한 옷이요."

"호오. 차 사장이 입을 평범한 옷이란 말씀이죠."

명성은 재미있다는 준성을 쳐다봤다. 준성은 명성이 사라지기를 기다리는 듯 조용히 명성을 노려보고 있었다. 하지만 명성은 준성의 기대에 부응하지 않고 허리를 살짝 숙여 보이며 한쪽 팔로 백화점 안을 가리켰다.

"안내해드리겠습니다. 안으로 드시지요."

둘이 무슨 사이기에 같이 옷을 사러 오느냐, 이 시간에 왜 갑자기 편한 옷이 필요한 거냐, 같은 질문을 할 줄 알았던 명성은 뜻밖에 아무것도 묻지 않았다. 적어도 민희에 대한 이야기는 나올 줄 알았는데 명성은 아무것도 모른다는 듯 끊임없이 수다만 떨었다.

요새 세상 많이 무서워졌다는 둥, 청소년 범죄 때문에 길 다니기 겁이 난다는 둥, 청소년 보호법보다는 성인 보호법 도입이 시급하다는 둥, 묻지 마 범죄가 속출하고 있다는 둥, 어떤 놈이 이혼당했다고 장인 장모에게 해코지를 했다는 둥.

도통 주제를 따라잡을 수 없는 그의 이야기를 들으며 시현은 생각했다.

'오빠가 더 무서워요.'

명성이 안내한 곳은 유명 캐주얼 브랜드 매장이었다. 여러 종류의 청바지와 후드 티, 맨투맨 티, 편해 보이는 점퍼 등이 쇼 윈도우에 가지런히 비치되어 있었다.

준성의 집에서 가정부 일을 할 때, 편한 차림의 준성을 본 적은 몇 번 있었다. 하지만 준성이 후드 티셔츠에 청바지를 입은 모습은 한 번도 본 적이 없었다. 어떤 모습인지 상상하느라 회색 후드 티셔츠를 들고 멈춰 있었더니 귓가에 낮은 음성이 들려왔다.

"그게 마음에 들어?"

어느새 뒤로 다가온 준성이 허리를 굽혀 시현의 어깨에 살짝 턱을 얹고 있었다. 준성의 입에서 흘러나온 따뜻한 숨결이 귓불을 간질였다.

'가까워!'

시현은 꼼짝도 할 수 없었다.

'너무 가까워!'

고개를 살짝만 돌려도 준성과 얼굴이 부딪힐 것만 같았다. 더군다나 바로 앞에는 옷이 걸린 진열대가 있었다. 뒷걸음질 칠 수도, 앞으로 내디딜 수도 없는 상황. 시현은 마른침을 삼키며 준성이 떨어지기를 기다렸다. 하지만 준성은 시현의 대답을 듣기 전엔 얼굴을 치워줄 생각이 없는 듯했다.

"마, 마음에 들어요."

"그래, 그럼 그걸로 해."

귓가에서 지분거리는 낮은 음성은 지독히도 매혹적이었다. 약간은 허스키한 그 음성이 생명을 가지고 시현의 안으로 파고들었다.

시현은 이곳이 백화점이라는 것도 잊고, 휙 돌아서서 준성을 끌어안을 뻔했다. 넓고 단단한 그의 가슴에 얼굴을 묻고, 그의 향기를 흠뻑 맡으며 물어볼 뻔했다.

'사장님, 혹시 절 좋아하세요?'

하지만 그러지 않았던 건,

"그걸로 두 벌이지요? S 사이즈 하나, L 사이즈 하나."

라고 말하는 명성의 목소리 덕분이었다. 시현은 마법에서 깨어난 듯 조금은 멍한 표정으로 고개를 끄덕였다. 왜 두 벌인지 물을 생각조차 못 했다. 그저 옷 두 벌을 챙기는 명성의 얼굴에 '재미있어 죽겠네!'라는 미소가 떠올라 있는 것만 볼 수 있었다.

"바지는 이게 어떻습니까?"

명성이 꺼내서 보여 준 청바지는 전체적으로 약간 붉은빛이 돌고 앞부분이 워싱 처리된 일자 청바지였다. 시현이 여전히 멍한 채로 고개를 끄덕이자 명성은 각각 허리 사이즈 25인치, 28인치짜리 청바지 두 벌을 꺼내, 들고 있던 후드 티 위에 얹고는 계산대로 향했다.

"차 사장, 계산해."

백화점 점원은 느닷없는 대표의 방문에 잔뜩 얼어 있어서 준성이 내민 카드도 제대로 받지 못했다. 시현은 점원의 심정이 쓰릴 만큼 이해됐는데, 자신도 지금 저런 표정을 짓고 있을 것 같았기 때문이었다.

준성의 숨결이 여전히 귓가에 머물러 있었다. 간질간질한 느낌에서 헤어나오기 힘들었다.

준성이 계산을 하는 동안, 명성이 청바지와 후드 티 한 벌을 시현에게 내밀었다. 시현은 이게 뭔가 싶어 고개를 갸우뚱했다. 명성이 유쾌한 목소리로 말했다.

"이건 시현 씨 겁니다."

"제 거요?"

"네, 시현 씨 거요. 제 허리가 잘록하긴 하지만 25인치 바지는 안 들어가거든요."

"제 사이즈는 어떻게 아셨어요?"

"모르는 게 없는 남자거든요."

"아니, 그게 중요한 게 아니라…… 왜 제 옷까지 산 거죠? 사장님 옷만 사러 온 건데."

"시현 씨는 멋진 정장 차림인데 같이 다니는 남자는 티셔츠에 후드 티 차림이면, 여자에게 빌붙어 사는 한심한 놈팡이로 보이지 않겠습니까."

"그럴 리가요. 누가 봐도 능력 있는 남자인데."

"시현 씨 눈에만 그렇죠."

명성이 웃었다.

"아무튼 제 동생이 한심하고 능력도 없는 놈팡이로 보이는 건 싫으니, 이 옷을 입어 주셔야겠습니다."

당연히 들어줘야 한다는 듯 밀어붙이는 어조였다. 얼떨결에 옷을 받아든 시현은 뒤늦게 한 가지 사실을 깨달았다.

"이거, 사장님 옷이랑 똑같잖아요!"

"네, 똑같죠."

명성이 느긋하게 대답했다. 명성을 만난 이후, 처음으로 명성이 때려 주고 싶을 만큼 얄미웠다. 시현은 눈을 가늘게 뜨고 명성을 째려봤다. 순간 명성의 표정이 굳어지는가 싶더니 난감한 듯 고개를 돌렸다.

'내 표정이 못 봐줄 만큼 험상궂었나?'

라는 생각을 하는데,

계산을 마치고 온 준성이 한 손으로 시현의 눈을 가렸다. 눈가에 닿는 약간은 차가운 감촉.

"눈 그렇게 뜨지 마."

준성이 말했다.

"바보 같아 보여요?"

시현은 준성의 손을 밀어내지 않고 물었다.

"아니, 자네가 그렇게 눈 뜨면······."

거기까지 말한 준성은 그냥 입을 다물었다.

'말도 못 할 만큼 흉하단 뜻이야?'

시현은 큰 충격을 받았다.

시현은 기분이 상할 때 눈을 가늘게 뜨고 입을 꾹 다물고 상대를 째려보는 습관이 있었다. 그런 표정을 지을 때마다 상대가 유독 당황하는 이유가 궁금했었는데, 이제야 그 이유를 알게 되었다.

'이 표정, 엄청 무서운가 봐.'

짝.

"하여간!"

그때 명성이 양손을 마주쳤다. 시현의 눈을 감싸고 있던 준성의 손이 떼어졌다.

"피팅룸은 이쪽입니다."

"잠깐만요, 이러면 사장님이랑 저랑 똑같은 옷을 입게 되는 거잖아요.

"뭐 어떻습니까. 브랜드 옷이라는 게 어차피 대량 생산되는 건데, 간혹 똑같은 옷을 입게 되기도 하는 거지."

"그게 문제가 아니고요."

"아, 시현 씨. 설마…… 차 사장이 창피한 겁니까? 말도 못하게 창피해서 같은 옷도 입고 싶지 않은, 그런 기분이신 겁니까?"

"아, 아뇨. 그게 아니고요……."

시현은 당황했다.

티셔츠와 바지를 똑같이 입고 거리를 돌아다니라니. 사이좋은 커플도 바지까지 똑같이 챙겨 입는 경우는 거의 없다. 하물며 사귀지도 않는 사이엔 말할 것도 없고.

하지만 말로는 명성을 이길 수가 없었다.

"아니라면 문제없잖습니까. 영 싫으시다면 세상에 딱 한 벌만 있는 사십만 원짜리 맞춤 티셔츠로 장만해드릴까요?"

40만 원짜리 티셔츠라니.

그런 비싼 옷은 일할 때 입는 정장으로도 충분하다.

도저히 명성을 이길 수가 없어서 시현은 준성에게 도움을 청했다.

"사장님. 사장님도 저랑 똑같은 옷 입는 거 싫으시죠?"

"아니."

준성이 단호하게 대답했다.

시현은 두 남자 사이에서 '진퇴양난'이라는 사자성어를 몸소 체험했다. 그리고 '호랑이 굴에 물려 가도 정신만 차리면 된다'는 속담도 떠올렸지만, 그 생각은 곧 지워 버렸다. 자신을 막아선 두 남자는 호랑이가 아니라, 의뭉스러운 너구리와 게으른 나무늘보니까.

시현이 울며 겨자 먹기로 옷을 갈아입고 나왔을 때, 준성은 이미 피팅룸에서 나와 시현을 기다리고 있었다. 캐주얼한 차림의 준성은 정장을 입었을 때와 느낌이 사뭇 달랐다. 시현은 자신이 준성과 같은 옷을 입고 있다는 것도 잊고, 평소보다 열 살은 어려 보이는 그의 모습을 멍하니 쳐다봤다.

"그런 옷도 괜찮은데."

준성이 다가와서 시현의 옆에 섰다.

맞은편에 있는 거울에 두 사람의 모습이 비쳤다. 똑같은 차림새를 한 두 사람은 누가 봐도 연인처럼 보였다. 그것도 이제 막 사랑을 시작해서 한껏 들뜬 연인.

"역시 안 되겠어요."

귓불까지 뜨거웠다. 이러다가는 준성을 향한 마음을 고스란히 들킬 것만 같아서, 시현은 뒤로 돌아섰다. 하지만 명성이 피팅룸을 막아서고 있었다.

"보기 좋은데요. 사이좋은 남매 같고."

"남매……요?"

"네. 아주 사이좋은 남매 같습니다."

명성의 말에 실망과 안도감이 동시에 찾아왔다.

"우리 남매 같아 보이나 봐요."

시현이 준성을 향해 돌아보며 말했다. 준성이 미간을 좁혔다.

"자네랑 나는 안 닮았어."

"제가 훨씬 예쁘죠?"

장난스럽게 던진 말에 준성이 부드럽게 웃었다.

"그래, 자네가 훨씬 예뻐."

시현의 얼굴이 발그레 물들었다.

"그럼 갈까?"

준성의 재촉에, 시현은 고개도 들지 못하고 그의 뒤를 따라 백화점을 나갔다. 두 사람의 뒷모습을 지켜보던 명성은 흐뭇한 미소를 지으며 정후에게 전화를 걸었다.

"정후냐? 작전 성공이다. 커플룩, 제대로 입혔어."

이야기 셋.

1

밤에 하는 벚꽃놀이는 처음이었다.

어두운 밤에 뭘 얼마나 볼 수 있을지 미심쩍었지만 택시에서 내리는 순간 괜한 걱정이었다는 걸 깨달았다.

수많은 인파 너머로 형형색색의 조명에 물든 벚꽃이 보였다. 어두운 하늘을 피해 내려온 구름처럼 은은하게 빛나는 벚꽃은, 햇살 아래에 있을 때와는 또 다른 매력을 뽐냈다. 금방이라도 두둥실 떠올라 하늘로 돌아갈 것만 같은 벚꽃이 저 멀리까지 끝없이 이어졌다.

나뭇가지가 안 보일 정도로 활짝 핀 벚꽃은 바닥에 촘촘히 박힌 조명등 불빛에 따라 달콤한 연분홍색이기도 했고, 가을 단풍 같은 붉은빛이기도 했다.

"예쁘다!"

시현은 순수하게 감탄했다.

"정말 예뻐요, 사장님. 그쵸? 오길 잘했어요."

시현은 자신이 준성과 내외하는 중이라는 것도 잊은 채, 준성의 팔을 붙잡고 벚나무 아래를 향해 잰걸음을 옮겼다.

어디선가 빠른 비트의 음악이 들려오고 있었다.

구경꾼들과 장사꾼들로 윤중로는 인산인해였다. 길 가장자리로 초상화를 그려 주는 화가들도 보였고, 저 멀리 사람이 많이 모여 있는 곳 가운데에 음악을 연주하는 밴드도 보였다.

"사장님, 우리 닭꼬치 먹어요."

시현은 자신이 준성의 팔을 너무 꼭 붙들고 있었다는 걸 깨닫고는 은근슬쩍 손을 놓으며 말했다.

"그래."

"내가 쏠게요."

"내가 살게."

"사장님은 현금 없잖아요. 이런 데선 카드 안 받아요."

시현은 아까부터 맛있는 냄새를 풍겨 허기를 느끼게 만들던 닭꼬치 노점상으로 향했다. 매운 양념을 발라 잘 익힌 닭꼬치를 두 개 사서 하나를 준성에게 내밀었다.

"저기 밴드 공연하는 데로 가면서 먹어요."

시현의 말에 준성의 얼굴이 일그러졌다.

"먹는 것과 걷는 걸 동시에 하라는 말은 아니겠지?"

그래, 이 남자에게는 그게 큰 문제겠지.

먹는 것도 귀찮아하고 걷는 것도 귀찮아하는 남자가 여기까지 온 것만 해도 대단한 일이라는 걸 잠깐 잊고 있었다.

"그럼 여기 서서 먹고 갈까요?"

시현이 너그럽게 말하자, 준성은 그것도 싫은지 주위를 둘러보더니 어느 곳을 가리켰다. 길 가장자리, 초상화를 그려 주는 화가가 있는 곳이었다. 화가 앞에는 손님용 간이 의자가 있었는데 손님이 없어서 비어 있었다.

"사장님, 저기 앉으려면 초상화 그려야 되거든요."

"그리면 되지."

"닭꼬치 먹으면서요?"

"안 될 거 있어?"

"물론 안 될 거야 없지만……."

거리에서 초상화를 그리는 화가들을 볼 때마다 한 번쯤 그려 달라고 해보고는 싶었지만 돈 낭비라는 생각에 관두곤 했었다. 돈 때문에 못 그렸던 초상화를 처음으로 그리게 됐는데, 흰 캔버스 위에 그려지는 모습이 하필이면 한 손에 닭꼬치를 든 채로 우물거리는 모습이고 싶지는 않았다.

준성이 시현의 대답을 기다리지도 않고 그쪽을 향해 걸음을 옮겼기 때문에 시현은 어쩔 수 없이 그 뒤를 따랐다. 시현이 준성을 따라잡았을 때, 준성은 이미 작은 의자에 쭈그리고 앉아 있었다.

화가는 20대 초반쯤 되어 보이는 여학생으로, 용돈 벌이를 하러 나온 미대생인 것 같았다. 손님이 없어서인지 지루한 듯 하품을 하던 그녀가 뒤늦게 준성의 존재를 알아채고는 입을 다물었다.

"초상화 그리시려고요?"

화가가 싹싹하게 웃으며 물었다.

"네."

"어느 분 그리시려고요?"

"이분이요."

"두 사람 다요."

시현과 준성이 동시에 대답했다.

"전 안 그릴 거예요, 사장님."

시현이 뒷걸음질을 쳤다. 아무리 생각해도 닭꼬치를 먹고 있는 초상화 따위는 남기고 싶지 않았다.

"같이해. 심심하잖아."

"전 안 심심해요. 저만치 옆에서 닭꼬치 먹고 있을게요."

"자네 말고 내가."

"……."

"그러지 말고 같이 그리세요. 두 분, 너무 잘 어울리시는데요. 커플티도 예쁘고."

화가가 부럽다는 듯 말했다.

"아뇨, 커플이 아니라……."

"요새 커플티 입은 분들 보면 정말 부러워요. 대학 들어가면 애인 생긴다고들 하는데, 그 말은 누가 지어낸 판타지인지 모르겠어요. 생기긴 무슨……."

시현은 커플이 아니라고 변명하는 걸 관뒀다. 이런 차림으로는 뭐라고 변명을 해도 안 먹혀들 테니까.

"자, 포즈를 취해 주세요. 두 분이라서 그리려면 한 시간이 좀 넘게 걸릴 것 같으니까 편한 포즈가 좋겠어요."

시현은 의자를 끌어와 준성의 옆에 앉았다. 준성은 아무래도 좋다는 듯 닭꼬치 끝에 있던 고기를 베어내고 있었다.

어색하게 나란히 앉아 있는 두 사람의 모습이 화가의 눈에는 차지 않은 모양이다. 눈을 가늘게 뜨고 구도를 잡던 화가가 고개를 절레절레 흔들더니,

"조금만 더 다정한 포즈를 취해 주세요."

라고 요구했다.

"이, 이러면 돼요?"

시현은 고개를 살짝 옆으로 기울여 닿을 듯 말듯 머리끝을 준성의 어깨에 걸쳤다. 화가는 다시 구도를 잡다가 안 되겠다는 듯 일어났다.

"그렇게 나란히 있는 모습보다는 남성분이 여성분을 뒤에서 안는 포즈가 나을 것 같아요. 잠깐만요."

화가가 신문지를 가지고 와 넓게 펼쳤다.

"여성분이 여기 앉아주시고요, 남성분은 뒤에서 한 팔로 여성분을 살짝 안아주세요."

이 화가가 무슨 소리를 하는 거야!

시현은 입을 벌리고 화가를 쳐다봤다. 뒤에서 안는 포즈라니! 한 시간 넘게 준성의 품에 안겨 있으라니!

말도 안 된다.

"그 포즈는 좀……."

"에이, 사귀는 사이에 뭐 어때요? 자, 얼른요."

"사귀는 게 아니라요……."

"여자친구분이 부끄러움이 많은가 봐요."

화가가 웃으며 시현의 손을 잡아끌었다. 악의없이 웃는 화가를 보며 시현은 불과 몇 주 전 자신의 모습을 떠올렸다. 정후가 아무리 '사장님과 아무 관계 없습니다!'라고 말해도 막무가내로 '관계있으시잖아요!'라고 밀어붙였던 그 모습을.

'비서님이 착해서 다행이야. 나 같으면 한 대 때려 줬을 텐데.'

오늘 시현은 두 번째로 또 하나의 고사성어를 체험했다.

인과응보.

정후와 준성에게 했던 시현의 행동이 고스란히 시현에게 되돌아오고 있었다. 그러고 보면 준성은 무슨 죄인가 싶다. 아무 짓도 하지 않았는데 멋대로 이 남자랑, 저 여자랑 연인이라는 오해를 받으니.

결국 시현은 포기하고 준성의 앞에 앉았다.

"남자친구분이 다리를 좀 벌려 주세요. 네, 그렇게요. 그리고 여자친구분이 거기 상체를 살짝 넣고 뒤로 기대시고요."

'내가 당신에게 기대하는 건 역사에 길이 남을 걸작이 아니라고!' 하며 외치고 싶었지만, 진지하게 자신의 일에 임하는 화가에게 화를 낼 수는 없는 노릇이었다. 게다가 이 화가는 나쁜 뜻이 조금도 없지 않은가.

"아, 좋아요. 이제 남자친구분이 한 팔로 여자친구분 어깨 쪽으로 해서 살짝 끌어안는 것처럼 해 주세요."

준성의 손이 뒤에서 앞으로 넘어오는 순간, 시현은 숨을 멈췄다. 길고 예쁜 손이 시현의 턱을 지나 반대쪽 어깨에서 멈춰 둥근 어깨를 부드럽게 감쌌다. 준성의 손은 약간 차가운 편인데도 닿은 부분이 뜨거웠다.

준성의 표정을 보고 싶지만 고개를 돌릴 수 없었다. 준성의 얼굴이 시현의 정수리 부근에 있는지 머리카락을 스치는 숨결이 느껴졌다. 그것은 불어오는 봄바람보다 더 간지럽고 따뜻했다.

가슴 위를 가로지른 준성의 팔에 두근거림이 전해질 것 같았다. 파도 위의 배처럼 세차게 흔들리던 심장은 다음 순간 화가가 한 말 덕분에 차갑게 가라앉았다.

"자, 그럼 이제 닭꼬치를 입에 대고 치즈."

"……."

상처뿐인 영광이라는 말을 이럴 때 쓰는 걸까.

1시간에 걸친 엉덩이의 통증과 다리 저림 끝에 남은 것은 닭꼬치 홍보 포스터였다.

캔버스 안의 시현과 준성은 닭꼬치 홍보 대사마냥 닭꼬치를 입에 대고 환하게 웃고 있었다.

여러분, 닭꼬치 많이 드세요! 닭꼬치를 드셔야 인생이 즐거워진답니다.

심지어 화가는 닭꼬치 홍보 포스터를 자신이 가진 것 중 가장 화려한 액자에 넣어 주었다.

"지금까지 본 커플 중에 가장 잘 어울리는 커플이셨어요. 이 액자는 아껴뒀던 건데 서비스로 드릴게요."

아껴뒀던 액자까지 방출할 필요는 없다고 말하고 싶었지만 준성은 흐뭇해하며 받아들었다. 준성이 좀처럼 보이지 않는 즐거워하는 표정을 짓고 있었기 때문에 시현은 이번만큼은 물러서기로 했다.

"엉덩이가 너무 아팠어요."

"응. 그래도 닭꼬치는 다 먹었어."

정수리께가 근질근질하다 싶었는데, 그림 그리는 동안 준성이 열심히 턱 운동을 하고 있었던 모양이다.

"저는 아직이요. 다 식었겠다."

시현은 투덜거리며 차게 식은 닭꼬치를 먹었다. 따뜻할 때는 양념과 온기 때문에 몰랐던 닭 비린내가 올라왔지만, 먹을 걸 버릴 순 없어서 끝까지 꼭꼭 씹어 먹었다.

밴드는 이미 공연을 끝내고 돌아간 후였다. 모여 있던 사람들도 여기저기로 흩어져서 거리가 좀 한산해졌다.

"우리가 연인처럼 보이나 봐요."

시현은 밴드가 있었던 곳을 향해 걸어가며 대수롭지 않다는 듯 말했다.

"싫어?"

"아뇨, 싫다기보다는…… 사장님이 기분 나쁠까 봐서요."

"난 기분 나쁘지 않아."

시현이 작게 웃었다.

"사장님은 원래 기분 나쁜 게 없는 분이잖아요. 기분 나빠하는 것도 귀찮아서."

"나도 기분 나쁜 건 있어."

"아, 윤예나 씨가 배신한 거요?"

"아니."

"그럼 성대영이 배신한 거요?"

"아니."

"아, 제가 사장님이랑 비서님 사이를 오해한 거요?"

"……응, 그건 확실히 불쾌했지."

"죄송해요."

"내가 지나간 일을 가지고 불평하는 사람으로 보여?"

"아니요. 하지만…… 윤예나 씨의 일로는 오랫동안 화를 냈잖아요."

"그건 자네를 만나기 전까지만이야."

시현은 준성을 돌아봤다. 준성은 시현을 바라보고 있었다.

    잘 생각해 봐요. 지금 차 사장의 눈이 어디로 향해 있는지를.

민희의 목소리가 끼어들었다.

지금 준성의 눈은 시현을 향해 있다. 그 눈동자는 결코 쓰러지지 않을 바위처럼 무겁고, 흔들리지 않을 호수처럼 고요했다. '나는 늘 너만을 향해 있어.'라고, 흑요석 같은 눈동자는 주장했다.

그제야 시현은 확신할 수 있었다.

'사장님이 날 좋아하고 있어.'

기쁠 줄 알았다. 내가 사랑하는 사람이 알고 보니 날 사랑해. 그렇게 되면 뛸 듯이 기뻐서 세상을 다 얻은 기분이 들 줄로만 알았다.

하지만 확신의 순간 가장 먼저 찾아온 것은 기쁨이 아닌 두려움이었다.

넌 네 어미랑 똑같아!

파충류의 숨소리 같은 소름 끼치는 음성이 시현의 고막에 들러붙었다. 아니, 외부에서 들려오는 게 아니라 시현의 내부에 똬리를 틀고 있었던 것이다. 그것이 스멀스멀 기어 나와 시현의 심장을 움켜쥐었다.

가장 닮기 싫은 사람과 똑같이 될까 봐 두려웠다. 이 남자를 너무 사랑해서 이 남자 없이는 살 수 없는 몸이 될까 봐, 그래서 언젠가는 세상의 중심이 이 남자가 될까 봐, 이 남자를 잃는 순간 자기 자신조차 잃고 자신이 낳은 친딸마저 잃게 될까 봐 두려웠다. 그런 여자가 될 것이 두려워서, 그게 말도 못 할 만큼 끔찍하기만 해서 시현은 기뻐할 수 없었다.

"사장님은……."

시현은 울고 싶은 기분을 감추며 고개를 한껏 뒤로 젖혔다. 흐드러지게 피어 있는 솜사탕 같은 벚꽃이 시야에 들어왔다.

"사장님은 정말 따뜻한 분이세요."

준성의 눈은 시현이 바라보는 벚꽃이 아닌 시현을 향해 있었다. 아까부터 준성은 시현이 아닌 다른 무언가를 눈에 담을 수 없었다. 수많은 사람들과 격렬하게 연주하던 밴드와 흐드러지게 핀 벚꽃과 한참을 손에 들고 있던 닭꼬치 중 어느 것 하나도, 준성의 두 눈동자가 시현을 담아내는 걸 방해하지 못했다.

쉴 새 없이 표정이 변하는 시현의 얼굴은 보고 또 봐도 그리워서, 자꾸만 봐도 부족하고 아쉬워서 준성은 하염없이 시현만 바라봤다.

"사장님은 정말 따뜻한 분이세요."

시현의 목소리가 떨렸다. 고개를 뒤로 젖혔기 때문이 아니라는 걸, 준성은 알고 있었다. 이제는 시현의 목소리만 듣고도 시현의 감정을 느낄 수 있을 만큼 온몸의 신경이 시현에게로만 쏠려 있었다.

"정말요. 정말로 따뜻해서요. 그래서 가끔은 미안하고, 또 가끔은 밉기도 하고, 그리고 가끔은 슬퍼져요."

자네가 슬프면 나도 슬퍼.

연인 사이에 하는 흔해 빠진 말이지만, 진심이었다. 시현의 목소리가 괴롭게 떨리면, 시현의 눈동자가 서글프게 흔들리면 준성 역시 괴로워졌다. 보이지 않는 거대한 손이 심장을 꽉 움켜쥐는 듯한 통증을 느꼈다.

"있죠, 사장님. 전요, 용기라고는 눈곱만큼도 없는 여자예요. 그런데 그걸 들키고 싶지 않아서 당찬 척, 씩씩한 척, 용감한 척하고 있는 거예요. 전요, 용기라고는 정말이지…… 정말이지, 눈곱만큼도 없어서요. 그래서 사장님한테 진짜로 하고 싶었던 말도 한 번도 하지 못했어요."

시현은 여전히 고개를 젖히고 있었다.

통행에 방해를 받은 사람들이 불쾌한 듯 쏘아봤지만 그래도 시현은 움직이지 않았다.

"저는요, 사실…… 사실…… 사장님을 좋아해요. 아주 많이."

준성은 마른침을 삼켰다.

뭐라고?

"있죠, 사장님. 좋아하는 걸 넘어서서요."

시현의 눈이 감겼다. 준성은 시현의 속눈썹이 눈 아래로 긴 그림자를 드리우는 걸 멍하니 쳐다봤다.

"전 사장님을 사랑하고 있어요."

쿵.

시현의 목소리가 물질감을 가지고 준성의 심장을 두들겼다. 준성은 움직일 수가 없었다.

한순간 사방이 진공 상태가 되어 버린 것처럼 주변의 소음이 하나도 들려오지 않았다. 혹시 꿈인가 싶어 눈동자만 굴려 주위를 둘러봤지만, 모든 건 조금 전 그대로였다.

그들은 아까와 같이 웃는 얼굴로 열심히 대화를 나누고 있었다.

그런데도 얇은 막이 둘의 주위를 둘러싼 듯, 준성은 시현의 목소리 외에 그 어떤 소리도 들을 수 없었다.

"되고 싶지 않은 여자가 있어요. 그 여자처럼은 되고 싶지 않아요. 그런데…… 사장님을 사랑한다고 말해 버리면 그 여자처럼 될까 봐 무서웠어요. 그래서…… 그래서요. 그래서 전 아마도 계속 이렇게 저렇게 변명만 하면서 제 마음을 억누르고, 부정하고 있었나 봐요."

되삼키듯, 시현은 몇 번이고 같은 단어를 반복해 말했다.

"저는요, 사장님. 저는요, 벚꽃을 좋아해요. 벚꽃은 피었을 때도 아름답지만, 지는 순간에도 아름답잖아요. 제가 지는 순간에 저를 알던 사람들이, 제 가족이 저를 아름답다고 생각해 줬으면 좋겠어요. 그런데요. 사장님을 사랑하면…… 그러지 못할 것 같아서 무서워요. 사장님만을 바라보느라 다른 사람을 못 볼 것 같아서, 언젠가 세상에 나올 제 자식조차도 챙기지 못하게 될 것 같아서…… 저는 두려워요."

준성은 주먹을 꽉 쥐었다.

시현의 얼굴이 괴롭게 일그러져 있었다. 늘 그렇듯, 깨어 있는 시현은 눈물을 흘리지 않았다. 그러나 그녀의 얼굴은 울고 있었다. 우는 얼굴에 간신히 떠오른 미소는 가슴이 쓰릴 정도로 슬퍼서, 준성 역시 울고 싶어졌다.

무엇이 저 사랑스러운 여자를 저토록 겁에 질리게 하는 걸까? 왜 나는 저 사랑스러운 여자를 위해 해 줄 수 있는 게 아무것도 없을까?

준성은 비명을 지르고 싶은 기분을 억누르며 그녀의 얼굴을 물끄러미 응시했다.

솜털이 나 있는 둥근 이마, 깔끔하게 다듬은 긴 눈썹, 커다란 타원형의 눈과 이마에서부터 부드럽게 떨어져 내려오는 콧대. 그리고 그 아래에 자리 잡은 도톰한 입술.

복숭아 물을 들인 듯 붉은 입술이 가늘게 떨리고 있었다.

더는 견디기 힘들었다. 그녀가 괴로운 순간에도 이런 욕정을 품는 자신이 환멸스러웠지만, 준성은 더 이상 참을 수가 없어서 시현의 옆으로 다가갔다.

시현은 여전히 고개를 위로 젖히고 눈을 감고 있었다. 준성은 그 자그마한 얼굴 위로 살며시 고개를 숙였다. 준성의 오뚝한 코가 시현의 코를 사선으로 비켜나갔고, 준성의 얇은 입술이 시현의 도톰한 입술 위에 겹쳐졌다.

시현의 몸이 경직되는 게 느껴졌다. 준성은 양손으로 시현의 어깨를 부드럽게 거머쥐었다. 두려움을 참듯 꼭 감은 시현의 속눈썹이 바르르 떨렸다. 시현의 입술은 굳게 닫혀 있었다.

준성은 조심스레 시현의 입술을 더듬었다. 시현이 움찔하는 것이 못 견디게 귀여웠다. 준성의 집요한 움직임을 견디지 못한 듯, 보드라운 입술이 벌어지며 준성을 받아들였다.

두 사람의 숨이 허공에서 얽혔다. 첫 키스도 아닌데 준성은

그보다 더한, 아찔한 환희를 느끼며 시현의 입술을 탐했다.

준성의 입술이 떨어졌을 때, 시현은 공포에 질린 눈으로 준성을 바라보고 있었다. 준성은 발그레하게 물든 시현의 볼에 살짝 손을 얹었다. 시현은 흠칫했지만 피하지는 않았다.

어떻게 해야 이 여자를 행복하게 해 줄 수 있을까?

준성은 시현을 물끄러미 응시하며 말했다.

"자네는 벚꽃보다 아름다우니까 질 때도 벚꽃보다 아름다울 게 분명해."

시현의 눈동자가 흔들렸다.

"그렇게 아름답게 지는 걸 보는 순간까지 자네랑 함께하고 싶어."

그제야 시현이 뒷걸음질을 쳤다. 하지만 준성은 물러나지 않았다. 오히려 시현이 도망치지 못하도록 성큼 다가가 그녀의 반듯한 이마에 짧게 입을 맞추고 말했다.

"자네를 사랑해."

바람에 날려 떨어진 벚꽃 이파리 하나가 시현의 코에 내려앉았다. 그 모습에 준성이 작게 웃었지만 시현은 벚꽃이 코를 간질이는 것조차 느끼지 못했다.

황홀한 마법에 전신이 감싸인 느낌이었다. 그 마법은 화상을 입을 만큼 따뜻하고, 눈물이 날 만큼 달콤했다. 그래서 공포라든가 두려움 같은 감정은 비집고 들어올 틈이 없었다. 심장을 움켜쥐고 있던 거친 음성도, 더 깊은 곳에 똬리를 틀고 있던 악의에 찬 저주도 처음부터 그랬던 것처럼 사라지고 없었다.

남은 것은 오직 하나.

지금 현재 시현을 향하고 있는 그의 미소.

딱 그 하나만이 남아 시현을 따뜻하게 감싸주고 있었다.

"정말이에요? 정말로 절 사랑하세요?"

"응, 정말이야."

"어쩌면 저…… 집착이 심해질지도 몰라요."

"난 지금도 심해."

"아니요. 그것보다 더요. 그래서 자식도 내팽개치고 사장님한테만 집착할지도 몰라요."

준성이 빙그레 웃었다.

"자네가 나랑 결혼해서 아이까지 낳을 생각을 해 준다는 게 고맙기만 한데."

그제야 자신이 내뱉은 말의 의미를 깨달은 시현은 얼굴을 붉혔다.

"누, 누가 사장님이랑 결혼하겠대요?"

"그럼 미혼모가 될 생각이야?"

"아니, 애초에……."

시현은 말을 멈추고 사랑스럽게 웃고 있는 준성을 바라봤다.

그래, 더 이상 자신에게 변명하고 뒷걸음질치는 건 관두자. 그래 봐야 이 달콤한 남자도, 나도 아플 뿐이니까.

그렇게 마음먹자 어째서인지 눈물이 흘러내렸다. 악의에 찬 저주가 시현을 고독 속에 밀어 넣을 때에도 흘리지 않던 눈물이 왜 이런 행복한 순간에 흐르는 건지 알 수 없었다.

준성은 당황한 듯 시현의 눈가를 손가락으로 닦아냈다.

"왜 우는 거지?"

기뻐서요, 행복해서요, 라고 말하기 민망했다.

"닭꼬치가……."

"닭꼬치?"

"그 닭꼬치 그림이요."

"아아. 이거."

준성은 여태껏 손에 들고 있던 액자를 내려다봤다.

"첫 초상화인데…… 닭꼬치 홍보 대사처럼 그려진 게 분해서요."

"……난 자네가 뭐 때문에 울고 웃는지를 도통 모르겠어."

"저도 사장님이 뭐 때문에 그렇게 게을러지신 건지를 도통 모르겠어요."

"그거랑 이거랑 같은 문제야?"

"네."

"그래. 그럼 윈윈이네."

"응, 윈윈이에요."

눈물이 멎었다. 시현이 고개를 들었을 때, 준성의 얼굴에는 여전히 달콤한 미소가 남아 있었다.

시현은 머뭇거리던 손을 뻗어 준성의 손을 잡았다. 늘 잡고 싶었지만 너무도 멀리 있어서 차마 잡을 수 없었던 손. 그 손은 당연하다는 듯 시현의 손길을 따라 움직였다.

조금은 차가운 그 손이 땀에 젖어 축축한 이유를 시현은 알 수 있었다. 시현의 손 역시 긴장으로 흐른 땀에 젖어 있었으니까.

2

정후는 미션을 완료하고 회사에 찾아온 명성과 느긋한 티타임을 즐기는 중이었다. 일을 잠시 미뤄두고 향 좋은 홍차를 즐기던 정후가 물었다.

"사장님은 고백을 하셨을까요?"

"글쎄. 시현 씨도 그렇고 차 사장도 그렇고…… 살짝 바보들이잖아. 고백 못 했다, 했더라도 시현 씨가 못 알아들었다는데 돼지고기 김치찌개를 걸지."

"돈도 많은 양반이 돼지고기 김치찌개가 뭡니까? 한우 불고기로 해 주세요. 그리고…… 제가 모시는 상사가 바보라는 건 인정하고 싶지 않지만, 저도 그렇게 생각하고 있으니 같은 쪽에 걸겠습니다. 전 가난하니까 돼지고기 김치찌개로요."

명성이 인상을 찌푸렸다.

"그럼 내기가 성립이 안 되잖아. 아, 민희도 끼라고 해야겠다."

그래서 명성은 민희에게까지 전화를 걸었는데 돌아오는 대답은,

[놀고 앉아 있네. 그 멍청이들이 고백은 뭔 놈의 고백! 못 한

다에 꼬리곰탕!』

이었다.

결과적으로 세 사람 다 '못 한다.'에 걸게 되어 내기는 무산이 되었지만 정후와 명성은 아무래도 상관없었다.

"어차피 우리 일도 아니잖아요."

"그래. 내 사랑도 아닌데 될 대로 되라지."

3

예나는 실력 좋은 사람들을 몇 명 구해 최찬영의 뒷조사를 했지만 역시 나오는 건 없었다. 그래서 직접 최찬영을 만났는데, 최찬영은 몹시 난감하고 불쾌하다는 표정으로 자신의 심정을 토로했다.

"난 정말 그 여자가 누군지도 모르겠다고요. 아시겠어요? 한 번도 본 적이 없는 여자라니까요."

"하지만 그 여자는 최찬영 씨 성함까지 알고 있었다고 하던데요."

"그러니까 이상하다는 거죠. 아, 그래요. 워낙 집안이 알려져 있으니 내 이름 알아내는 건 어려운 일도 아니겠죠. 분명 그런 식으로 돈 뜯어내는 꽃뱀일 거예요."

"하지만 꽃뱀이라면 그 자리에서 그렇게 물러난 게 이상한데요? 그 자리에서는 물러났다고 해도 지금쯤이면 따로 최찬영 씨에게 연락이라도 취했어야 할 텐데…… 그 여자 연락받은 적 있어요? 아니면 모르는 번호로 전화가 걸려왔다든가 한 적은요?"

"전혀 없어요. 전혀 없다고요."

최찬영이 거짓말하는 것처럼 보이진 않았다. 예나는 슬슬 감이 잡히기 시작했다.

"그 여자 어떻게 생겼는지 기억하세요?"

"당연하죠! 여자치고는 키가 큰 편이었고, 고상한 느낌의 옷을 입고 있었어요. 전부 고가 브랜드였는데…… 눈은 쌍꺼풀이 진하고 코가 높았죠. 입술이 가로로 긴 편이었는데 그게 꽤 기억에 남네요. 외국 배우랑 닮은 입술이라서. 예쁘게 생기긴 했더라고요."

"흐응."

예나는 자신의 짐작이 맞았음을 깨달았다.

'차민희가 끼어들었군.'

외국 배우를 닮은, 가로로 넓은 입술은 민희의 매력 포인트였다. 원래는 기가 세 보이는 커리어우먼 스타일이지만 화장이나 헤어스타일에 따라서 이미지가 확 바뀌니, 비통에 빠진 기품 있는 여자를 연기하는 것도 어렵지 않았으리라.

'짜증 나게.'

최찬영은 자기를 믿어달라며 계속해서 열변을 토했지만 예나는 최찬영의 말을 듣고 있지 않았다. 준성과 사귀던 시절, 당돌한 시선을 보내 얄미웠던 차민희가 자꾸 생각나 속이 부글부글 끓었다.

'꼴 보기 싫은 계집.'

시현보다 더 싫은 존재가 차민희였지만 차민희는 쉽게 건드려서는 안 되는 상대였다. 뒤에 해성이 버티고 있다는 이유도 있지만, 차민희 자체가 독종이었다. 차민희를 쳐내려면 보통의 방법으로는 안 됐고, 현재로서는 그 방법이 떠오르지 않았다.

'하여튼 차민희가 끼어들었다는 걸 알았으니⋯⋯ 방법을 바꿔야 해. 로운 회원을 건드리면 훼방을 놓을 테니까. 그건 그렇고⋯⋯ 차민희는 그 보잘것없는 애, 어디가 마음에 든 거지? 아니면 그냥 자기 오빠네 회사를 건드려서 그러는 건가?'

차민희가 누구 때문에 움직이는지는 두고 보면 알 일이었다.

예나는 표정을 바꾸고 최찬영을 향해 나긋나긋한 미소를 지었다. 최찬영은 예나가 파스텔 사장의 부인이라는 걸 알고 있으면서도 예나의 미소에 얼굴을 붉혔다.

"그 여자가 누군지 대충 짐작이 가네요."

"그게 정말입니까?"

최찬영이 버럭 외쳤다. 예나가 난감하다는 듯 눈초리를 내렸다.

"조금만 언성을 낮춰 주세요. 마음은 이해하지만……."

"아니, 대체…… 누굽니까, 그 여자?"

최찬영이 미안하다는 표정으로 목소리를 낮추고 물었다. 예나는 말하기 곤란하다는 듯 한숨을 작게 쉰 후, 작은 목소리로 속삭였다.

"아무래도 김희영 씨가 한 짓 같아요. 최찬영 씨가 마음에 안 들어서 그런 짓을 꾸민 것 같네요."

"뭐요? 그 여자가? 하지만…… 그 여자, 나한테 넘어온 것 같았는데……."

"원래 여자들은 연기를 잘하거든요. 아마 로운에서 소개시켜준 남자가 마음에 들었던 거겠지요. 비슷한 시기에 로운 쪽에서 주선한 사람과도 미팅을 했다고 들었거든요. 그래서 로운 담당 사원에게 말해서 사람을 섭외한 걸 거예요."

"하? 하아. 허 참……."

최찬영은 자신의 집안보다 한참 격 떨어지는 집안의 희영에게 그런 취급을 당한 것이 기가 막힌 듯, 말을 잇지 못하고 헛숨만 토했다. 최찬영을 보며 예나는 속으로 웃었다.

'그래, 더 화내. 조금 더.'

"아니, 파스텔은 대체 왜 그런 여자를 나한테 소개시켜준 겁니까?"

이런 식으로 나올 줄 알았다. 자신이 한 여자를 매혹시키지도 못할 만큼 형편없는 남자라는 걸 인정하기는 싫을 테니까, 남의 탓으로 돌리고 싶겠지.

"죄송해요. 제가 확인했을 때는 괜찮은 여자였거든요. 김희영 씨도 처음에는 찬영 씨를 마음에 들어 했던 것 같고요. 그런데 로운에 있는 희영 씨 담당 사원이…… 희영 씨를 계속 공략한 모양이더라고요. 듣기로는 G 제약회사 따위보다 더 나은 집안 남자를 소개시켜 주겠다고."

"지금 우리 집안을……."

"쉿."

예나가 입술에 검지를 대고 애교스럽게 눈을 찡긋거리자 최찬영이 입을 다물었다.

"제가 아니라 로운의 사원이 한 말이에요. 전 그걸 들은 것뿐이고요."

"그 사원, 이름이 뭡니까?"

최찬영의 타겟이 다른 쪽으로 향했다.

"글쎄요. 그건 같은 직종에 있는 사람들끼리 쉽게 알려드리기 힘든 부분이라서……."

"먼저 룰을 어긴 건 로운이잖아요! 그저 같은 직종이라고 감싸줄 생각입니까?"

"그러게요. 그래서 저도 난감하네요."

예나는 짐짓 곤란한 척 눈살을 찌푸렸다. 최찬영이 씩씩거리는 걸 보며 예나는 생각을 정리했다. 이 상황을 어떻게 이용해서 반격을 할까.

"윤예나 씨한테 들었다고 안 할 테니까 그 로운 사원 이름 좀 알려 줘요."

기다리다 지친 최찬영이 예나를 닦달했다. 자신에게 수모를 안겨 준 로운의 사원에게 본때를 보여 주겠다는 듯 허세를 부리는 최찬영의 꼴이 우스웠다. 제까짓 게 로운을 건드릴 수나 있을 것 같아?

"화가 많이 나셨나 봐요, 찬영 씨. 하지만 이번만 참고 넘어가 주시면 안 될까요?"

예나는 마음에도 없는 말로 찬영을 떠봤다. 아니나 다를까, 찬영은 예나가 예상했던, 그리고 바랐던 반응을 보였다.

"이런 일을 당하고도 참으면 그게 남잡니까? 윤예나 씨 얼굴을 봐서라도 참으려고 했는데, 일개 사원 따위가 절 우습게 보고 우리 집안에 대해서 그런 소리를 지껄여댔다는 건 못 참겠습니다!"

"그럼요, 찬영 씨 마음 잘 알죠."

예나는 어디까지나 미안하고 곤란하다는 입장을 취했다.

"그럼 찬영 씨, 이렇게 해요. 일단 김희영 씨와의 결혼식은 진행시키세요."

"뭐요?"

찬영의 눈이 커졌다.

찬영은 예나가 자기를 놀린다고 생각했는지 험악한 표정을 지었다. 하지만 예나는 조금도 두려워하지 않고 차분하게 말을 이었다.

"제 말대로 하세요, 찬영 씨. 그러면 김희영 씨와 로운 사원, 그리고 중간에서 김희영 씨를 가로챈 그 남자에게까지 찬영 씨가 지금 느끼는 것과 같은 기분을 느끼게 할 수 있을 거예요."

예나의 고요한 분위기에 눌린 듯 찬영이 표정을 풀었다. 하지만 미심쩍다는 기색은 사라지지 않았다.

"결혼식을 진행시키는 게 그 인간들이랑 무슨 상관인데요?"

예나는 부드럽게 미소 지었다.

"상관이 있게 될 거예요. 다만 결혼식 진행은 김희영 씨 몰래, 김희영 씨의 부친인 김 회장이랑만 대화를 해서 결정하도록 하세요. 김희영 씨가 마음에 들었다, 그래서 결혼을 하기로 얘기도 끝냈다, 결혼 진행을 했으면 좋겠다, 라고 하면 김 회장은 좋아할 거예요."

"그리고요?"

"주의하셔야 할 것은, 찬영 씨가 정말로 김희영 씨를 마음에 들어 하는 것처럼 보여야 한다는 점이에요. 김희영 씨에게 푹 빠진 것처럼. 주위 사람들에게도 그런 느낌이 전해지게끔 행동을 하세요."

"하지만 난 그 여자랑 결혼할 생각 없어요."

"네, 알아요. 그 결혼, 결국엔 진행되지 않을 테니까요."

찬영의 얼굴이 일그러졌다.

"이봐요, 윤예나 씨. 지금 나 가지고 장난합니까?"

"무슨 말씀이세요? 제가 왜 찬영 씨를 가지고 장난을 하겠어요? 전 찬영 씨를 돕고 싶어서 그러는 건데……."

"푹 빠진 척 행동했던 여자랑 결혼도 못 하는 놈이 되는 건데, 그게 뭐가 날 돕는 거예요?"

"쉬잇."

예나가 검지를 입술에 붙이고 살짝 웃었다.

"목소리 좀 낮춰주세요, 찬영 씨. 저, 웬만하면 같은 업계 사람들과 분란을 일으키고 싶지 않지만…… 찬영 씨 생각해서 조언을 해드리는 거예요."

"도대체가……."

또 찬영이 언성을 높이려 하기에 예나는 몸을 앞으로 기울이고 작은 목소리로 자신의 계획을 설명했다. 처음에는 불쾌감에 일그러져 있던 찬영의 표정이 점점 펴지기 시작했고, 예나가 말을 마쳤을 때쯤에는 찬영도 웃고 있었다.

4

준성의 호출을 받고 사장실로 들어간 정후는 묘하게 기분이 좋아 보이는 준성의 모습에 미간을 좁혔다.

'설마…… 고백에 성공하신 건 아니겠지?'

만약 고백에 성공했다면 기쁜 일이기는 하겠지만, 어젯밤의 내기에 '강남 아파트 두 채'를 걸지 않은 게 평생의 한이 될 것 같았다.

준성이 부른 이유를 말해 주기를 기다렸는데 준성은 한참이 지나도록 입을 열지 않았다. 대신 정후의 어깨너머로 무언가를 보고 있었다. 마치 '너도 저길 봐!'라고 말하는 듯이.

준성의 생각대로 움직여 주고 싶지 않아서 버텼지만, 결국은 호기심을 이기지 못하고 뒤를 돌아봤다.

장식품이라고는 차준성 하나였던 사장실에 못 보던 그림이 하나 걸려 있었다. 고급스러운 금빛 액자 안의 그림을 놀란 눈으로 살펴보던 정후가 조심스레 물었다.

"사장님, 닭꼬치 사업도 하시게요?"

준성의 짙은 눈썹이 꿈틀거렸지만 정후는 개의치 않고 말했다.

"요새 같은 불황에 요식업에 뛰어드는 건 좋은 생각이 아닌 것 같은데요. 우리 회사만 해도 회원 수가 줄고 있는 데다가, 특히 남성 회원들이 경제적인 부담감 때문인지 재등록을 안

하는 경우가 많아요. 일단 나라 경제가 돌아가는 걸 좀 살펴본 후에, 상황이 나아졌을 때 뛰어드는 게 어떠세요?"

"이봐……."

준성이 입술을 달싹거렸을 때, 똑똑, 노크 소리가 들렸다.

"사장님, 저 이시현입니다."

시현의 음성에 준성의 표정이 몰라보게 환해졌다. 미간 사이에 있던 주름이 사라지면서 얼굴의 근육이 부드럽게 움직여 미소를 만들어냈다. 정후는 해가 뜨는 듯한 그 놀라운 광경을 멍하니 쳐다봤다.

'설마…… 정말로 고백에 성공하신 건……?'

"들어와."

준성의 대답과 동시에 문이 열리고 시현이 모습을 드러냈다. 언제나 예뻤던 시현이지만 오늘따라 유독 예뻐 보였다. 그 이유가 오늘 입고 있는 연분홍빛 원피스 때문만은 아니라는 걸 알 수 있었다. 시현의 얼굴이 빛나고 있었다!

시현은 정후의 존재를 눈치채지 못한 듯했다. 그녀의 눈은 질투가 날 정도로 준성만을 향하고 있었다.

"사장님, 다음 주 화요일 저녁에 시간 되세요? 김희영 씨가 패션쇼 보러 가라고 티켓을 주셨거든요. 한번 보러 가고 싶은데…….”

"응, 가자."

"여덟 시에 시작하니까 회사 끝나고 저녁 먹고 가면 될 것 같아요."

"응, 그래."

시현이야 정후의 존재를 알아채지 못했으니 어쩔 수 없다 쳐도, 준성마저 정후를 없는 사람 취급하고 있었다. 정후는 결국 참지 못하고 끼어들었다.

"데이틉니까?"

갑자기 튀어나온 목소리에 화들짝 놀라 돌아본 시현은 정후보다 정후의 뒤에 있는 그림을 먼저 발견하고는 펄쩍 뛰었다.

"으앗!"

시현은 후다닥 달려가 액자를 가리려는 듯 두 팔을 벌리고 액자 앞을 막아섰지만 그림을 전부 가리기에는 역부족이었다.

"그렇게 좋아?"

준성이 나른한 음성으로 물었다.

"대체 이건 왜 걸어 놓으신 거예요?"

시현이 얼굴을 붉히고 새된 목소리로 외쳤다.

"보려고."

"그러니까 왜 이런 걸 보시냐고요."

"그럼 자네가 사장실에 와서 일해."

"제가 왜 사장실에서 일해야 하는데요!"

"계속 보고 싶으니까."

이 분위기는 설마.

구경꾼의 손발까지 오그라들게 하는 저 멘트들은 이제 막 시작한 연인들 사이에서가 아니면 나올 수 없는 멘트들이었다.

"사장님, 혹시…… 고백하신 겁니까?"

"비, 비서님도 알고 계셨던 거예요?"

시현이 그림을 가려야 한다는 것도 잊고 정후를 향해 돌아섰다. 정후가 어리둥절한 표정으로 고개를 끄덕였다.

"알고 있었습니다. 모르는 게 이상한 거 아닙니까? 두 분이 계속 서로를 쳐다보고 있는데."

"그, 그렇게 티가 났어요?"

"네, 굉장히 티가 났습니다. 다른 사원들도 다 알고 있을 겁니다."

"헉!"

"시현 씨 마음 이해합니다. 저 양반 사랑을 받는다는 게 여기저기 알리고 싶을 만큼 자랑스러운 일은 아니겠지요."

"아뇨, 그게 아니라…… 오히려 제가 더…….."

"시현 씨가 더?"

정후가 고개를 갸우뚱했다. '제가 더 사랑하고 있는걸요.'라는 말을 하지 못하는 시현 대신, 준성이 말했다.

"이시현 씨는 미혼모가 꿈이래."

"그건 또 무슨 막말이세요!"

시현이 빽 소리 질렀다.

"내 아이를 낳고 싶지만 결혼은 생각 없다면서."

"제가 언제 그랬어요? 결혼하고 아이 낳을 거예요!"

"나랑?"

"그래요!"

준성의 입가에 부드러운 미소가 번졌다. 시현은 자기가 무슨 말을 했는지 깨닫고는 얼굴을 붉혔다. 복숭앗빛으로 물든 시현의 얼굴을 보며 정후는 생각했다.

'이 인간들, 언젠가 솔로들한테 맞아 죽을지도 몰라.'

자기들만의 핑크빛 세계에 빠져 있는 두 사람의 꼴을 더는 보고 싶지 않아서 둘만 남겨 놓고 비서실로 나왔다. 방음이 되

지 않는 비서실까지,

"사장님, 김 비서님 계신 데서는 그러지 좀 마세요."

"창피해?"

"창피한 게 아니고요."

"난 자랑하고 싶어."

"도대체 뭘요!"

"자네가 내 아이를 낳고 싶어 한다는 걸."

"그 소리 좀 그만 하세요!"

라는 염장 지르는 대화가 들려왔기 때문에 정후는 어쩔 수 없이 밖으로 나갔다. 어디로 갈까 하다가, 해성 백화점으로 향했다. 명성은 여느 때처럼 사장실에 붙어 있질 못하고 고가 브랜드 매장에서 정장을 입어 보는 중이었다.

"형님, 어제 내기한 거 기억하십니까?"

"어, 기억하지."

"마음이 바뀌어서, 저 고백 성공에 걸겠습니다. 강남 아파트 두 채."

명성이 넥타이를 정리하며 정후를 돌아봤다.

"네가 졌을 때 나한테 줄 아파트가 있기는 하냐?"

"뭐, 어떻게든 되겠죠."

"흐음."

명성이 정후의 속내를 가늠하려는 듯 눈을 가늘게 떴다.

"내가 아는 김정후는 질 게 뻔한 내기에 돈을 걸 녀석이 아니지. 이걸로 할게, 정산은 내 앞으로 달아둬."

명성은 텍도 떼지 않은 옷을 입고 매장에서 나왔다. 정후는 명성의 뒤를 따라가며 목덜미 부근에서 흔들거리는 텍을 떼어냈다.

"차 사장, 결국 고백하셨구만. 웬일인지 시현 씨가 그걸 받아줬고 말이야."

"그렇게 돼버렸네요."

"정말 그렇게 돼버렸군."

명성의 목소리가 씁쓸한 듯 들려와서 정후는 저도 모르게 명성의 표정을 살폈다. 씁쓸하게 느낀 건 기분 탓이었는지 명성은 싱글싱글 웃고 있었다.

"하여간 그 두 사람, 정말 진상 커플입니다."

"호오. 그래?"

명성이 관심을 보였다. 정후는 아까 사장실에서 있었던, 믿기 어려운 일에 대해 설명했다.

"차 사장, 어제 고백해놓고 벌써부터 결혼 얘기를 한단 말이

지?"

"네. 윤예나 씨와 사귈 때는 볼 수 없었던 모습이죠. 상상이 가십니까?"

"상상은 안 되지만…… 그거 걱정인데. 너무 성급하게 굴면 상대가 당황할 텐데."

"하지만 시현 씨도 결혼 생각이 아주 없는 건 아닌 것 같던데요. 우리 사장님 정도면 남편감으로 나쁘지 않죠."

"자기 상사라고 감싸주기야? 그리고 문제는 그게 아니라…… 에이, 뭐 됐다."

명성이 별일 아니라는 듯 어깨를 으쓱하며 얘기를 마무리 지으려 했다. 하지만 정후는 어지간해서는 심각해지지 않는 명성이 아주 잠깐 보였던 진지한 눈빛이 마음에 걸렸다. 그래서 아주 오랜만에 정후가 먼저 명성의 손목을 잡아 세웠다.

"형님, 시현 씨에 대해 제가 모르는 걸 알고 계시는 거죠?"

정후의 눈빛이 걱정스럽게 가라앉았다. 명성은 다정하게 웃으며 정후의 머리를 쓰다듬었다.

"왜 별스럽게 굴어? 난 늘 네가 모르는 것들을 알고 있잖아."

Hello Wedding

1

찬영은 예나가 말한 대로 일을 진행시켰다.

우선은 희영의 휴대폰으로 마음에도 없는 안부 문자를 보냈다. 답장이 오지 않으리라는 건 예상했던 일이지만, 정말로 오지 않으니 기분이 상하는 건 어쩔 수 없었다. 하지만 예나가 말한 대로만 일을 진행시키면 결국에 웃는 쪽은 이쪽이 되리라는 걸 알기에 자존심을 누르고 문자를 보냈다.

그다음으로는 김 회장을 만났다. 김 회장은 자신보다 한참 어린 G 제약회사 사장의 차남에게 시종일관 비굴한 태도를 보였다.

"희영 씨가 정말 마음에 듭니다."

라고 찬영은 말했다.

"희영 씨에게 청혼을 했습니다. 희영 씨는 받아들여 줬고요."

만난 지 2주도 안 돼서 청혼을 했다는데도, 김 회장은 '너무 빠른 게 아닌가?'라는 질문조차 하지 않았다. 혹시라도 잘못 말했다가 찬영의 마음이 돌아설지도 모른다는 생각 때문이리라.

김 회장은 빨리 결혼을 하고 싶다는 찬영의 제안을 흔쾌히 받아들였고,

"희영 씨한테는 잠깐 비밀로 해 주세요. 결혼 발표를 크게 해서 깜짝 놀라게 해 주고 싶거든요."

라는 말에도 찬성했다.

찬영이 김 회장과 만나는 동안 예나는 실력 좋은 조사원에게 일을 맡기는 중이었다. 예나는 조사원에게 사진 한 장을 내밀었다.

"이 여자를 조사해 주세요. 이름은 김희영, 나이는 스물일

곱, K 저축은행 회장의 딸이에요."

"뭘 조사하면 됩니까?"

"몇 시에 누구를 만나는지, 혼자 있는 시간은 언제인지, 그리고…… 이 여자 주민등록증이 필요해요. 최대한 빨리."

"도둑질까지 하라는 말입니까?"

"위조하는 사람을 아시잖아요. 물론 추가금은 낼 거예요."

"좋습니다. 주민등록증은 늦어도 모레까지는 마련해드리죠."

예나가 백에서 또 다른 사진 한 장을 꺼냈다.

"그리고 이 여자에 대해서도 조사를 해 주세요. 이름은 이시현, 나이는 스물다섯, 현재 로운 클럽에서 근무 중. 그 이상의 정보는 없네요."

"이 여자도 누구를 만나는지 조사하면 됩니까?"

예나가 싸늘하게 웃었다.

"아니요. 이 여자의 과거를 조사해 주세요. 어디서 살았었는지, 가족 관계가 어떻게 되는지, 그리고 과거에 무슨 일이 있었는지."

2

악보 무늬 편지지에 적힌 편지를 읽는 희영의 얼굴에 미소가 떠올랐다. 아직 얼굴을 모르기는 하지만 여훈이 소녀들이나 가는 팬시점에 들어가 신중하게 편지지를 골랐을 모습을 떠올리니 웃음이 나왔다.

여훈에게 받은 편지가 벌써 7통째다. 편지라서 그런지 희영은 말로는 쉽게 꺼낼 수 없는 얘기들을 적어서 보냈고, 여훈은 늘 진지하게 답을 해 주었다.

지난번 편지에는 직업에 대한 고민을 털어놨다.

오케스트라에 들어가고 싶지만 실력이 부족한 것 같다, 아버지는 지원금을 내줄 수도 있다고 하지만 이 일에 있어서만큼은 아버지의 힘을 빌리고 싶지 않다, 하지만 도전했다가 떨어지면 내 자신이 너무 형편없이 느껴질 것 같다, 젊은 나이에 창업에 성공한 여훈 씨가 부럽다…….

어째 넋두리가 되어 버린 편지를 보낼까 말까 고민하다가 그냥 보냈는데, 이번에도 어훈은 진지한 답을 주었다.

Dear. 희영 씨.

지난번 편지부터 'To'가 'Dear'로 바뀌었다.

벌써 벚꽃이 떨어지고 있습니다. 추워서 언제 꽃이 피나 기다리던 게 엊그제 같은데요.
벚꽃 축제를 한 번도 가본 적이 없어서, 희영 씨와 함께 가보고 싶었는데…… 시현 씨가 의외로 완고하네요. 지금쯤이면 만나게 해 줄 줄 알았는데, 만나도 된다는 말을 해 주질 않아요.

"그러게 말이에요."
희영은 여훈이 옆에 있기라도 한 것처럼 중얼거렸다.

희영 씨는 제가 부럽다고 하셨지만, 사실 저도 창업을 하기까지는 긴 고민의 시간을 가졌습니다. 저보다 컴퓨터를 잘하는 사람들도 많고 IT 사업에 뛰어든 거대 기업들도 많으니, 신생 기업이 과연 얼마나 갈 수 있을지 걱정이 됐죠. 어느 직종에나 능력 있는 사람이 많고 먼저 하고 있는 사람들이 많은 건 마찬가지인 것 같습니다.

그래도 제가 도전을 하게 된 것은, 그 순간에 정말 하고 싶었던 일이었고 그걸 하지 않으면 평생 후회를 할 것 같았기 때문입니다. 설사 안 된다 하더라도 해 보고 안 되는 것과 아예 시도조차 안 하는 것은 그 의미가 다르니까요.

희영 씨의 연주를 들어본 적이 없으니 실력이 어느 정도인지는 모르겠습니다. 하지만 저는 자기 자신이 부족하다는 걸 안다는 건, 자신이 잘한다는 걸 아는 것보다 힘든 일이라고 생각합니다. 많은 연습과 노력을 했기에 부족하다는 것 역시 깨달을 수 있는 거니까요.

희영 씨의 인생이기에 해 보라고 등을 떠밀 수는 없지만, 희영 씨가 선택한 길이 후회 없는 길이었으면 합니다.

넋두리에도 진지하게 반응해 주는 여훈이 좋았다. 본 적도 없는 사람을 생각하며 가슴이 뛴다는 게 신기했다. 들은 적 없는 음성이 들려오는 듯했다.

희영 씨는 아주 잘하고 있어요. 그리고 뭘 선택하든 잘해 낼 거예요.

누구도 해 주지 않은 말.

희영이 고민을 털어놓으면 친구들은 '집에 돈도 많으면서 왜 그렇게 취직에 집착해?'라고 말했고, 가족들은 '돈 써. 돈 써서 안 되는 건 없어.'라는 반응을 보였다.

그나저나 우리, 여름 되기 전에는 만날 수 있을까요? 여름엔 장마가 있어서 첫 만남부터 헝클어진 헤어스타일이고 싶지는 않은데요.

"맞아요. 장대비 내릴 땐 예쁜 옷 입기도 힘든데."

희영은 편지를 끝까지 다 읽은 후, 답장을 쓰기 위해 펜을 들었다. 하지만 곧 펜을 내려놓고 시현에게 전화를 걸었다. 휴대폰 저편에서 시현의 경쾌한 목소리가 들려오자마자 희영은 단도직입적으로 말했다.

"시현 씨, 나 여훈 씨 만날래. 만나고 싶어. 날짜 좀 잡아줘, 빨리."

3

"누구야?"

민희가 물었다.

"김희영 씨."

"아아, 그 성형?"

"그런 식으로 말하지 마. 그래도 날 믿고 따라주는 고객인데."

"너도 참 대단하다. 그따위로 대하는데도 고객이라고 하고 싶냐? 난 착해 빠진 사람 싫어해."

"착해 빠진 게 아니라 착해 빠진 사람이 되려고 노력 중인 거야. 그러지 않으면 변할 것 같아서."

"너네 엄마처럼?"

"……응, 우리 엄마처럼."

시현은 쓴웃음을 지었다.

민희는 예쁘장한 외모와는 달리 말투나 행동이 직설적이고 거칠어서, 때때로 남자인 친구와 함께 있는 느낌이 들었다. 게다가 말하기 어려웠던 시현의 과거를 아무렇지도 않게 끄집어내서 톡톡 쏘곤 했는데, 솔직담백한 성격인 걸 알아서인지 그다지 기분이 나쁘진 않았다.

며칠 전, 민희가 찾아왔을 때를 떠올렸다. 준성의 사무실에 '닭꼬치 홍보 포스터'가 걸린 이튿날이었다.

시현의 사무실 문을 박차고 들어온 민희는,

"너, 차 사장이 고백한 걸 받아줬다며!"

라고 외쳤다.

"아아…… 네에."

당황해서 대답하는 시현을 보며 민희는 오만상을 찡그렸다.

"야, 네가 친구 하자며? 왜 이제 와서 존대야? 징그럽게."

두 번째 보는 사이에 존대가 징그럽게 느껴질 만큼 적응력이 빠른 민희에게 놀랐지만 지금은 시현도 완전히 적응했다. 민희는 다혈질에 기분파였다.

"하여간 이시현, 이제부터 착한 척할 생각은 버려. 윤예나가 네 뒷조사를 시작했으니까."

정신이 번쩍 들었다.

"내 뒷조사를? 왜?"

"말했잖아. 독한 여자라고. 게다가 넌 진짜로 차 사장 애인이 됐고……."

"그럼 내……."

"가정환경에 대해서도 알게 될 거야."

말을 잇지 못하는 시현 대신 민희가 단호하게 말했다.

"걱정 마. 적어도 너네 집안에 범죄자는 없잖아. 그러면 가정환경을 내세워서 널 어떻게 하기는 힘들어. 다만……."

민희의 눈이 날카롭게 빛났다.

"넌 너무 얽매여 있어."

"아냐, 나는…… 아니, 맞아. 난 얽매여 있어. 좀처럼 벗어날 수가 없어."

"차 사장이 널 사랑한다는데도 그래?"

"물론 사장님이 큰 힘이 되는 건 사실이야. 하지만…… 가끔씩은……."

시현은 그날의 일을 떠올렸다. 자신을 덮쳐오던 거친 숨결, 몸을 짓누르던 끔찍한 무게감, 살에 스치던 손길.

"난 악몽을 꿔."

지금 짓고 있는 표정을 눈앞의 당당한 여자에게 보이고 싶지 않았다. 시현은 두 손으로 얼굴을 가리고 말했다.

"꿈속의 나는 잠에서 깨어나. 그런데 지금 내가 겪는 이 모든 게…… 로운이라든가, 사장님이라든가, 너라든가…… 그런 것들이 전부 한낱 꿈이었던 거야. 나는 그 끔찍한 집, 내 방에서 잠을 자고 있었던 것뿐인 거야. 그리고 꿈에서 깨어나 내가 여전히 그 집에 있다는 걸 깨닫고, 그 현실에서 도망칠 생각도 하지 않고…… 엄마처럼, 그냥 모든 걸 자포자기하고 받아들여. 그게 말도 못 하게 끔찍하고 역겨워서, 나는…….”

시현은 입을 다물었다.

민희에게 한 번 털어놨기 때문일까. 아무에게도 얘기할 생각이 없었던 이런 이야기들이 기다렸다는 듯 입에서 흘러나왔다. 하지만 더 얘기했다가는 바보처럼 울게 될 것 같았다. 그래서 말을 멈추고 침을 삼키며, 동시에 눈물도 삼켰다.

그때, 손목에 강한 힘이 느껴졌다. 민희가 시현의 손목을 붙잡아 억지로 얼굴에서 떼어내려 하고 있었다. 시현은 버티다 못해 한 손을 내렸다.

“놀고 앉아 있네, 이시현.”

민희가 차갑게 말했다.

“날 봐, 이시현. 날 보라고.”

민희가 한 손으로는 시현의 손목을 꽉 누르고, 다른 한 손으로 시현의 볼을 톡톡 두드렸다. 시현은 가장자리를 향하고 있던 눈동자를 천천히 움직여 민희를 쳐다봤다.

“이 내가 고작해야 네 꿈속의 주민이라고? 이 차민희가?”

민희가 기가 막힌다는 듯 웃었다.

"놀지 마. 차 사장이나 변태 너구리는 네 꿈속의 주민이 될 수 있어도, 난 안 돼. 난 현실에 없기엔 너무 아까운 인물이거든."

민희는 시현의 다른 손목을 잡아 아래로 내려 시현의 얼굴이 완전히 드러나게끔 했다.

"잘 들어, 이시현. 네가 내 꿈속의 존재일 수는 있어도, 내가 네 꿈속의 존재일 수는 없어. 난 너보다 잘났거든. 그런데 너한테 나보다 잘난 게 딱 하나 있어. 그게 뭔지 알아?"

전혀 알 수 없었다. 해성 그룹이라는 이름을 등에 업고 있고, 오만할 정도로 당당한 이 여자보다 잘난 부분이 있을 리가 없다.

그렇게 머뭇거리는 시현을 두고 민희가 말했다.

"넌 차 사장의 마음을 얻었고, 변태 너구리의 마음을 얻었고, 김 비서의 마음까지 얻었어. 게다가 이제는 내 마음도 얻었고. 남의 마음을 얻는다는 게 얼마나 힘든 일인지 바보가 아니라면 알 기야. 나도, 변태 너구리도, 차 사장도, 김 비서도 널 위해 어떻게든 해 줄 생각을 하고 있어. 그런데 네가 흔들리면 우리 노력은 뭐가 돼? 다른 인간들 노력이야 아무래도 상관없지만 내 노력을 무시하진 마. 그거, 진짜 짜증 나거든."

명령조의 어투가 용기를 내고 싶지 않아도 내야만 할 것 같이 시현을 밀어붙였다.

"그리고 차 사장을 좀 믿어 봐. 네 상처를 감당 못 할 만큼 그릇이 작은 사람도 아니고, 네 상처를 모르는 척할 만큼 매정한 사람도 아니야. 그 인간, 겉보기에는 바보 같아도 네가 별을 따다 달라면 따다 줄 수도 있는 남자야. 그러니까 차 사장한테 얘기해. 고민이 있으면 털어놔. 그러라고 있는 연인이잖아. 설마 커플매니저면서 사귀는 사이에 행복한 일만 가득할 거라고 생각하는 건 아니겠지?"

"물론 행복한 일만 있진 않겠지. 하지만……."

"부끄러워?"

민희가 정곡을 찔렀다.

"네 가족이, 네 엄마가 부끄러워? 그걸 왜 네가 부끄러워해? 넌 문제 없잖아. 차 사장은 본인이 게을러빠졌고 차명성은 남의 뒤나 캐고 다니는 변태인데도 전혀 부끄러워하지 않잖아. 너도 좀 뻔뻔해져 봐. 그리고……."

민희의 강경한 어투가 조금 부드러워졌다.

"네가 울고 싶어도 참는 얼굴, 그거 아주 매력적이긴 한데 계속 보면 질려. 가끔은 울고 싶을 때 좀 울어봐."

시현이 작게 웃었다.

"뭐가 웃기다고 웃어?"

"꼭 네가 내 남자친구 같아."

"이상하게 난 그런 말을 많이 듣게 되더라."

민희는 그리 싫지 않은지 피식 웃으며 의자에 등을 기댔다.

민희를 알게 된 지 얼마 되지 않았는데도 편했다. 이런 식으로 아무 생각 없이 친구와 함께 있었던 적이 언제였더라, 고민하다가 단 한 번도 없었다는 걸 깨달았다. 초등학교 때는 부모님의 사랑을 받기 위해 공부를 하느라, 중학교 때는 친구들의 질투 때문에 어느 한순간도 편한 마음으로 친구를 대할 수 없었다.

처음으로 그런 관계를 만들어온 것이 자기 자신일지도 모른다는 생각을 했다. 자신의 가정환경이 부끄럽기만 해서 그게 큰 비밀이라도 되는 듯 꽁꽁 감추고, 혹여 누군가 그것을 들추지 않을까 싶어 긴장한 채 살아왔다. 돌이켜 보니 그것이 자신을 사람들에게서 멀어지게 만든 이유인 것 같았다.

"그러고 보면, 사장님은 나랑 사이가 안 좋아졌을 때 나한테 과거를 털어놨었어. 솔직하게."

"과거? 그 인간한테 과거랄 게 있나?"

"윤예나랑 사귀었던 거랑 배신당했던 거."

"와아, 밥맛이네."

"……."

"그렇잖아. 사랑하는 여자한테 지나간 사랑에 대해 털어놓는 남자가 어디 있어? 하여간 차 사장, 진짜 매력 없다."

민희가 진저리를 쳤다.

나무늘보도 제 말 하면 온다고, 민희가 '고백도 못 한 여자한테 옛사랑 털어놓는 차 사장은 바보 멍청이'라고 실컷 욕하고 있을 때 준성이 등장했다. 준성은 민희에게 아는 체도 하지 않고 시현에게 말했다.

"출발하자."

"가긴 어딜 가?"

"데이트."

"놀고 앉아 있네. 내가 보내줄 것 같아?"

민희가 시현을 꼭 끌어안았다. 시현은 민희에게 안긴 채 시계를 확인했다. 막 오후 6시를 넘기고 있었다. 민희와 수다를 떠느라 시간이 가는 줄도 몰랐다.

"아, 퇴근 시간이네. 너도 신문사 들어가 봐야 하는 거 아

냐?"

"뭐야, 이시현. 우정보다 사랑이냐?"

"좀 전까지는 우정, 퇴근 후에는 사랑."

시현의 대답에 준성이 승리의 미소를 지었다. 민희는 얄밉다는 듯 준성을 노려보다가 시현을 놔줬다.

"뭐, 오늘은 이대로 보내주지. 하지만 다음엔 턱도 없을 줄 알아."

민희가 백을 집어 들었다. 사무실을 나가려던 민희는 뭔가 생각났다는 듯 씩 웃고는 준성을 돌아보며 말했다.

"아, 그리고 차 사장. 데이트의 기본은 커플룩인 거 몰라? 센스 없긴."

4

시현에게 있어서 차민희라는 존재는 든든한 버팀목, 그리고 좋은 친구였다. 하지만 이 순간만큼은 민희가 지옥에서 막 올라온 악마로 느껴졌다.

"그러니까 사장님, 굳이 커플룩을 입을 필요는 없다니까 그러세요."

"데이트의 기본이잖아."

"설마 민희 말을 진짜로 믿는 건 아니죠?"

"걔가 연애에는 도가 텄어."

"아, 사장님!"

"자네는 기본도 없는 여자야?"

"……기본도 없는 여자라서 죄송하게 됐네요. 하지만 정장까지 커플로 챙겨 입을 바에는 기본이 없는 게 낫겠어요!"

"난 어떤 순간에도 기본은 지켜."

"그런 분이 정장을 입고 수영장에 들어가세요?"

"그게 내 기본이니까."

"하아."

명성이 어디로 공을 보내도 잘 받아치는 테니스 선수라면, 준성은 그냥 벽이었다. 꽉 막힌 벽. 무슨 말을 해도 먹혀들질 않았다.

"사장님이야말로 제 벽이었네요."

"자네도 내 벽이야."

"제가 왜요? 전 사장님 얘기 잘 듣잖아요!"

"만날 화만 내잖아. 내가 사준 칼슘제도 안 먹고."

"그놈의 칼슘제!"

"또 화내네."

명성은 그런 두 사람을 그저 재미있다는 듯 지켜보고 있었다. 시현은 그것만으로도 명성에게 고마웠다.

'그래, 이상한 커플 정장을 권해 주지는 않으…….'

"이 정장 어떠십니까?"

시현의 생각을 읽기라도 한 듯, 명성은 정장이라기보다는 가장파티 복장처럼 보이는 옷을 두 벌 가지고 와 내밀었다. 하늘색 재킷과 화려한 블라우스가 한 세트인 옷이었다. 준성이 마음에 들어 하는 것 같았기에 시현은 빼앗듯 받아들어 도로 옷걸이에 걸어 놨다.

"도대체 저런 옷은 누가 만드는 거죠?"

"커플의 즐거운 데이트를 바라는 디자이너가 만들겠죠."

명성의 말이 준성의 눈에 불을 붙였다. 준성이 옷걸이에서 방금 전의 그 옷을 꺼내 들려 했다. 시현이 서둘러 평범한 정장을 꺼내 준성의 품에 안겨 주지 않았더라면 꼼짝없이 가장파티 참가자가 될 뻔했다.

'혹시 민희랑 명성 오빠랑 짠 거 아냐?'

그렇게 생각될 만큼 두 사람은 죽이 딱딱 맞았다.

시현이 고른 건 검은색의 평범한 바지 정장이었다. 둘 다 그걸 입고 거울 앞에 나란히 서니 생각나는 영화가 있었다.

"우리 꼭 맨 인 블랙 같아요."

"그게 뭐야?"

"외계인 나오는 영화 있어요."

"자네가 화를 잘 내는 건 외계인이기 때문인가? 지구의 공기가 안 맞아?"

"제가 묻고 싶은 말이네요. 지구의 공기가 안 맞아서 그렇게 게을러지신 거예요?"

"응, 숨쉬기 힘들어."

시현은 순간, 어쩌면 이 남자가 진짜 외계인일지도 모르겠다는 생각을 했다.

계산은 명성이 했다. 사랑하는 두 동생의 첫 데이트 기념이라는 게 이유였다. 시현은 활짝 웃으면서 감사하다고 말하기는 했지만, 사실은 꼭 감사하지만도 않았다.

시현에게 있어서 차명성이라는 존재는 언제나 힘이 되어 주는 나무, 그리고 좋은 친구였지만 오늘은 이상하게도 민희랑 함께 지상으로 올라온 악마가 아닌지 의심이 됐다.

'으하하하하하. 재미있어 죽겠네.'

백화점을 나오는 등 뒤로 민희와 명성의 '악마의 웃음소리'가 들려오는 것만 같았다. 물론 환청이겠지만.

5

패션쇼장 입구는 관람을 하러 온 사람들로 붐볐다. 그중에는 모델이라고 해도 될 만큼 잘 차려입은 사람들도 많았고, 연예인들도 있었다. 막연히 '패션쇼는 예쁜 옷 구경'이라고만 생각했던 시현은 얼마 전 인기리에 종영한 드라마의 주연 배우를 발견하고는 낮게 비명을 질렀다.

"사장님, 연예인이에요."

"응."

연예인을 실제로 보는 건 처음이라서 들뜬 시현과는 달리, 준성은 길가의 돌멩이라도 보는 것처럼 덤덤했다. 하긴, 이 남자가 뭔 일엔들 안 덤덤할까 싶지만.

시현은 당장 달려가서 사인을 받고 싶었지만 준성의 체면을 생각해서 꾹 참았다.

그때, 영화계에서 유명한 여배우가 이쪽으로 다가왔다. 파격적인 연기와 아름다운 외모로 영화계의 흥행 보증 수표라고 불리는 지하나였다.

"준성 씨."

놀랍게도 지하나가 준성에게 아는 체를 했다.

시현은 눈을 휘둥그레 뜨고 지하나와 준성을 번갈아 쳐다봤다. 여자인 시현도 끌어안고 싶을 만큼 섹시한 배우가 말을 거는데도 준성은 흐트러짐이 없었다. 오히려 누구냐는 듯 미간을 좁히고 있었다.

"오랜만이네요. 해성 그룹 신제품 광고 후 처음이죠?"

"아아."

준성은 그제야 생각났다는 듯 고개를 끄덕였다.

"주위에 관심 없는 건 여전하네요. 그런 게 좋았던 거지만, 나한테까지 그러는 건 좀 싫다."

지하나가 애교스럽게 웃었다.

파파라치인지 기자인지 모를 사람들이 지하나와 준성을 찍기 시작했다. 주위에서 들려오는 셔터 소리에 지하나의 잘 다듬은 눈썹이 꿈틀거렸다.

"하여간 편하게 얘기할 시간을 안 준다니까."

지하나는 꾸민 게 분명한 움직임으로 흘러내린 머리카락 한

올을 옆으로 넘겼다.

"잘 지내요? 연락할 줄 알았는데 연락도 없고."

"왜 연락할 거라고 생각했지?"

"나도 젊고, 당신도 젊으니까."

"젊다고 해서 관심도 없는 여자에게 연락을 해야 하는 건 아니잖아."

"후후."

준성의 차가운 말에 지하나가 작게 웃었다. 시현은 질투해야 마땅한 그 상황에서도 질투할 수가 없었다. 가까이에서 본 지하나는 화면으로 봤을 때보다 10배는 더 예뻐 보였기 때문이다. 지하나는 얼굴을 뚫을 기세로 자신의 얼굴을 쳐다보는 시현에게로 시선을 옮겼다.

"이 애구나? 자기 마음을 사로잡은 아가씨가."

"관심 꺼."

"예쁘게 생겼네."

지하나가 준성의 말을 무시하며 시현을 똑바로 쳐다봤다. 시현은 정신을 차릴 수가 없었다.

'너무 예뻐!'

어떤 사람이 연예인을 하나 싶었는데, 이런 여자가 연예인을 하는 모양이다. 인간인 게 분명한데도 얼굴에서 번쩍번쩍 광채가 났다.

"자기, 내 아래로 안 들어올래?"

지하나가 웃으며 시현의 볼에 손을 댔을 때에야 시현은 정신을 차렸다.

"아…… 네?"

"자기 같은 얼굴 좋아하거든. 눈 모양도 마음에 들고. 로운 그만두고 내 밑으로 들어와. 유명하게 만들어 줄게."

준성이 불쾌한 듯, 지하나의 손목을 낚아챘다.

"건드리지 마."

지하나가 재미있다는 듯 웃었다.

"뭐야, 같은 여자가 만지는 건데도 질투하는 거예요? 푹 빠져서 정신을 못 차린다더니 정말인가 봐. 옷도 똑같이 입고."

준성은 농담을 받아줄 생각이 없는 듯 날 선 눈으로 지하나를 노려봤다. 두 사람 사이에 언제 깨질지 모르는 긴장감이 감돌았다. 어쩔 줄 몰라 하며 두 사람을 지켜보던 시현이 조심스레 물었다.

"저…… 사인 한 장만 해 주실 수 있으세요?"

"음?"

지하나가 눈을 크게 뜨더니 풉, 하고 웃음을 터뜨렸다. 지금까지 지은 가식적인 웃음과는 다른, 조금 더 순수한 즐거움이 깃든 웃음이었다.

"정말 귀여워. 준성 씨가 이렇게 귀여운 스타일을 좋아하는 거라면 역시 나는 안 되겠네."

준성은 대답하지 않았다.

"자기, 준성 씨가 별 볼 일 없으면 나한테 연락해. 내가 즐겁게 해 줄게."

지하나는 고급스러운 금색 클러치 백에서 명함을 꺼내 시현에게 건넸다. 시현이 받아드는 걸 확인한 지하나는 여유 없어 보이는 준성이 재미있다는 듯 까르르 웃으며 패션쇼장 입구로 사라졌다.

"사장님, 지하나 씨랑 무슨 일 있었어요?"

시현은 준성과 함께 지하나가 들어간 입구로 향하며 물었다.

"아무 일 없었어."

다시 무표정으로 돌아간 준성이 느릿하게 대답했다.

"그런데 왜 그렇게 무섭게 행동하세요? 사장님답지 않게."

두 사람의 자리는 런웨이 근처에 있는 VIP석이었다. 런웨이 근처의 좌석은 유명 연예인들과 각계 인사들, 그리고 포토그래퍼들로 꽉 채워져 있었다.

"질투한 거야."

준성이 자리에 앉으며 말했다.

"질투요?"

"응. 그 여자가 자네를 건드리는 게 싫었어."

시현은 고개를 옆으로 기울이며 준성을 쳐다봤다. 위에서 떨어지는 오렌지색 불빛이 준성의 얼굴 위에 내려앉아, 그 섬세한 굴곡을 더욱 또렷하게 만들었다.

반듯한 이마와 거기서 뚝 떨어져 내려오는 날카로운 콧날, 짙은 눈썹 아래에 위치한 진하고 깊은 눈과 긴 속눈썹. 가까이에서 봐도 그린 듯 아름다운 이 남자가 질투를 한다는 게 신기했다.

"그렇게 보지 마."

뚫어져라 쳐다보고 있노라니 준성이 낮게 말했다.

"보는 것도 안 돼요? 만지는 것도 아닌데."

시현이 투덜거리자 준성이 고개를 돌려 시현을 바라봤다. 당황스러울 정도로 진한 시선을 보내던 준성의 얼굴이 갑자기 가까워지는가 싶었는데, 어느 순간 그의 입술이 시현의 입술 위에 포개어졌다.

준성의 입술은 부드럽고 뜨거웠다. 준성은 입술을 겹친 것만으로는 만족스럽지 않다는 듯, 입술을 살짝 벌려 시현의 도톰한 입술을 빨아들였다. 그의 촉촉한 혀가 단 사탕을 핥듯 시현의 입술을 자극하자, 시현은 이곳이 패션쇼장이라는 것도 잊고 준성의 팔을 꽉 붙들 수밖에 없었다.

찰칵.

어디선가 들려오는 셔터 소리에 시현은 정신을 차리고 준성에게서 떨어지려 했다. 하지만 준성은 시현이 멋대로 떨어지도록 내버려두지 않았다. 준성의 손이 시현의 머리카락을 헤집고 들어와 시현을 단단히 고정시켰다. 시현이 두 손으로 준성의 가슴을 밀어냈지만 준성은 끄떡도 없었다.

자신이 만족할 만큼 시현의 보드라운 입술을 탐한 준성이 슬쩍 입술을 떼고 시현의 귓가에 속삭였다.

"이렇게 하고 싶거든."

시현은 잔 숨을 내뱉으며 준성을 노려봤다. 하지만 준성은 그저 부드러운 미소를 지으며 시현의 흘러내린 머리카락을 정리해 주었다.

사람들 앞에서 농밀한 키스를 하는 건 처음이었다. 아니, 사람들 앞에서 스킨쉽을 하는 것 자체가 처음이라서 시현은 창피해 얼굴을 들기도 힘들었다. 그런데 정작 키스를 퍼부은 장본인은 화가 날 정도로 뻔뻔한 표정.

그런 준성이 얄미운 한편으론 머리카락을 정리해 주는 다정한 손길이 좋았다.

"그리고 그 여자, 바이야."

준성이 원래의 자세로 돌아가며 말했다.

"네?"

"그 여자 바이라고. 여자도 가능해."

"지하나 씨가요?"

"응."

그제야 시현은 지하나가 떠나기 전에 했던 의미심장한 말의 의미를 깨달았다.

"그래도 뭐, 예쁘면 그만이죠. 여자도 반할 정도로 예쁘던데."

시현의 말에 준성이 인상을 찌푸렸다.

"자네는 취향이 이상해."

"네, 맞아요. 그래서 사장님을 사랑하나 봐요."

별생각 없이 내뱉은 말에 준성의 표정이 달라졌다. 준성은 못 들을 말을 들은 사람처럼 깜짝 놀라 시현을 쳐다봤고, 갑작스럽게 얼굴을 붉혔다. 주홍 물감을 칠한 것처럼 붉게 물든 그의 얼굴을 보노라니 말을 한 시현조차도 쑥스러워서 얼굴을 붉히고 말았다.

"왜, 왜 그러세요?"

"아니……."

준성이 그제야 붉어진 얼굴을 의식한 듯, 한 손으로 입 부근을 가렸다.

"아니야."

"제가 사랑한다고 해서 그러시는 거예요?"

모르는 척 넘어가도 되는 말이지만, 이 잘난 남자가 사랑한다는 말에 얼굴을 붉힌다는 걸 믿기 어려웠다.

시현의 질문에 준성의 얼굴이 더 붉어졌다. 어린 소년 같은 그의 반응이 시현의 심장을 간질였다. 시현은 방금 전 준성이 자신에게 키스를 한 이유를 알 것 같았다. 아무것도 모르는 순수한 소년처럼 얼굴을 붉힌 준성이 말도 못 하게 사랑스러웠다.

"좀 나갔다가 올게."

준성은 시현이 붙잡을 새도 없이 벌떡 일어나 밖으로 나갔다. 다른 때보다 서두르는 기색이 역력한 그가 또 한 번 사랑스럽게 느껴졌다.

'사랑한다'고는 확신할 수 있어도, '사랑받고 있다'고는 확신하기 힘들 거라고 생각했다. 아무리 사랑하고 가까워도 어쨌든 타인이니까.

사랑해, 사랑해, 너밖에 없어, 라고 말하다가도 한순간에 배우자나 연인을 배신하는 게 인간이었다. 때문에 사랑을 하게 되더라도, 혹시 결혼을 하게 되더라도 '사랑받고 있다'는 느낌을 쉽게 받을 수 없을 거라고 생각했다.

하지만 아니었다. 확실하게 느껴졌다.

준성은 얄미울 정도로 담담했지만, 그의 애정이 가끔씩 행동으로 드러날 때면 '사랑한다'는 말을 백번 듣는 것보다 더 강렬하게 전해져왔다, 그의 마음이. 약간은 사랑에 서투른 소년처럼 조심스럽게, 그러나 솔직하게 표현하는 그의 사랑이 좋았다.

서로의 마음을 확인한 후, 시현은 자신이 걷잡을 수 없이 준성에게 빠져들고 있음을 깨달았다. 준성 없이 못 살게 되는 건 좀 더 훗날의 일일 줄 알았는데, 지금 이 순간에도 준성이 사라진다는 걸 상상할 수 없을 만큼 그를 사랑하고, 또 원했다.

마른 모래가 순식간에 물을 흡수하듯, 시현의 가슴 역시 급하게 준성을 받아들였다. 어린 시절부터 부모의 애정을 받지 못한, 친구와의 우정조차 가져본 적 없던 시현에게 준성의 애정은 모래 위로 들이붓는 물과도 같았다.

두렵지 않은 건 아니었다. 남자에게 푹 빠져 자식도 모르는 체하던 모친의 모습은 벗어날 수 없는 트라우마로 남아 있다. 그럼에도 마음을 닫지 않은 이유는, 두려움이 자기 자신뿐 아니라 준성까지도 상처 입힌다는 것을 깨달았기 때문이었다. 자신의 상처는 괜찮지만 저 사랑스러운 남자를 아프게 하고 싶지 않았다. 그가 외로움에 지친 표정으로 쓰게 웃는 모습을 다시는 보고 싶지 않았다.

그를 미소 짓게 하고 싶다는 마음이 흔들리는 시현을 잡아 주었다. 괜찮아, 그가 너에게 웃어 주고 있잖니.

'내가 이렇게 약한 인간이었나?'

준성에 대한 사랑이 폭발할 듯 커질 때마다, 행복과 더불어 찾아오는 쓰디쓴 과거의 영상이 지긋지긋했다. 상처가 있어도 극복하고 당당하게 살아가는 다른 여자들처럼 되고 싶은데, 쉬운 일이 아니었다.

그때 준성의 자리에 누군가가 앉았다. 당연히 준성일 거라고 생각하고 돌아본 시현은 생각지 못한 인물의 모습에 놀라 굳어 버렸다. 그건 상대도 마찬가지였는지 눈을 부릅뜨고 시현을 쳐다봤다. 성대영이었다.

"아저씨가 왜 여기에……?"

"그 빌어먹을 아저씨란 소리 좀……!"

소리치듯 말하던 대영이 주위의 눈을 의식해서인지 입을 다물었다. 대영의 눈이 준성을 찾는 듯 시현의 주위를 맴돌았다. 대영은 준성이 보이지 않자 안심한 듯, 한결 여유로워졌다.

"남자 잘 만나서 이런 자리에도 앉나 보지?"

대영이 비아냥거렸다.

"내 고객님이 선물로 준 표거든요. 그리고 거기 자리 있어요, 아저씨."

"그 아저씨란 소리 집어치우랬지!"

대영이 목소리를 낮추고 으르렁거렸다. 시현은 조금도 주눅들지 않았다.

"그럼 뭐라고 불러요? 강간마? 아니면 성희롱범?"

"너……!"

"아저씨가 제일 낫잖아요. 여사원 몸을 마음껏 더듬는 쓰레기 성희롱범이라고 부르고 싶은데 그냥 아저씨라고 불러드리는 거니까, 감사하게 생각하세요."

대영은 시현을 한 대 때리고 싶은 듯했지만, 그러기에는 보는 눈이 너무 많았다. 대영의 가슴이 분노로 오르내리는 걸 시현은 서늘한 눈으로 지켜봤다.

"아저씨, 거기 자리 있다니까요."

"여긴 내 자리야."

"표나 확인해 보세요. 우린 확인하고 앉았으니까."

대영은 표를 꺼내 확인하지 않았다. 시현의 말대로 하면 지는 거라고 생각하는 게 분명했다. 시현은 고집스럽게 앉아 있는 대영을 노려봤다.

"왜 그렇게 절 이기려 드세요?"

시현의 말투가 마음에 안 들었는지 대영이 눈을 부릅떴다.

"내가 너 따위도 못 이길 것 같아?"

사람이 많은 곳이라서 다행이었다. 둘만 있었더라면 대영이 자신의 목을 졸랐을지도 모르겠다고 시현은 생각했다.

"못 이길 것 같은 게 아니라, 이미 이겼잖아요."

"뭐?"

"저보다 부유한 집안에서 태어났고, 저보다 스펙도 좋고, 게다가 파스텔처럼 유명한 결혼 정보 회사도 이끌고 있고. 이미 모든 면에서 절 이겼는데 왜 저한테 지지 않으려고 그러시는 거예요?"

시현의 진의를 파악하려는 듯 대영의 눈이 가늘어졌다.

"지금 뭐라고 지껄이는 거야?"

"그냥 늘 궁금했거든요. 아저씨는 내가 아저씨한테 수모를 줬다고 했지만 사실만 놓고 보자고요, 우리. 아저씨랑 나는 아무 사이도 아니었어요. 그런데 아저씨가 갑자기 제 몸을 더듬었죠. 그리고 제 뺨까지 때렸어요. 그런 상황에서 가만히 있는 여자가 더 이상한 거 아니에요? 그래서 화를 낸 것뿐이에요. 그거 외에 아저씨와 나 사이에 뭐가 있어요? 아저씨가 잘못했고, 난 화를 냈다. 그걸로 끝. 아니에요?"

"……."

"그러니까 절 이기려고 하지 마세요. 어차피 모든 면에서 절 이겼으니 더 이길 수도, 이길 것도 없어요."

대영은 짜증이 치밀었다. 시현의 말에 대꾸조차 하지 못하는 자신이 한심했기 때문이다.

'내가 이 여자한테 손찌검을 했단 말이야?'

자신이 망가졌다는 것을 대영 역시 알고 있었다. 어린 시절엔 상상도 하지 못했던 모습으로 대영은 변해 있었다. 그러나 여자에게 손찌검만큼은 하지 않았다. 그것조차 지키지 않으면 자신이 더 이상 자신이 아니게 될 것만 같았다.

'뭐, 지금도 아닌 것 같긴 하지만…….'

그날의 기억이 확실치 않았다. 술에 취해 있었기 때문에 확실하게 기억나는 건 시현 때문에 나동그라졌고, 시현이 사람들 앞에서 '아저씨'라고 부르며 막말을 했다는 것뿐이었다. 손찌검을 한 기억은 남아 있지 않았다.

"내가 널 때렸다고?"

대영의 목소리가 한풀 꺾인 게 이상하다는 듯, 시현이 고개를 갸우뚱했다.

"네, 때렸어요. 기억 안 나세요?"

"난 여자는 안 때려."

시현이 피식 웃었다.

"성희롱은 하지만 때리진 않는다. 그것참 대단하시네요."

대영은 주먹을 꽉 쥐었다. 시현을 제대로 마주한 건 이번이 세 번째. 세 번 다 인상이 다르다.

첫 번째는 감히 사장님께 대드는 기센 여자, 두 번째는 의외로 깨질 것 같은 겁 많은 여자, 그리고 지금은…….

'얄미워.'

때려 주고 싶을 만큼 얄미운 여자.

하지만 '모든 면에서 이미 이겼잖아요.'라는 말은 꽤 놀라웠다. 성희롱을 당했고, 뺨을 맞았고, 강간을 당할 뻔했다. 그 모든 짓을 하려던 상대에게 '당신이 전부 이겼어요.'라고 말하기는 쉽지 않은 일이다. 하지만 시현은 그렇게 말했다.

찬물을 끼얹은 듯 정신을 차린 건 그런 이유에서일 것이다. 생각지 못한 사람이 '당신이 모든 면에서 이기고 있어.'라고 말했다는 당혹감, 그리고 자신이 여자에게 손찌검까지 했다는 충격.

"정말로 때렸다면…… 그건 내가 사과하지. 미안해."

대영의 사과에 시현의 눈이 커졌다. 시현은 믿을 수 없다는 듯 대영을 빤히 쳐다봤는데, 대영은 그게 말도 못 하게 얄밉게 느껴졌다.

"나도 사과쯤은 할 줄 알아."

"아아……, 네에……."

시현은 이 상황이 납득되지 않는다는 듯 어리둥절한 표정으로 고개를 끄덕였다.

"하지만 전 뺨을 맞은 것보다 성희롱이 더 싫었어요."

대영이 인상을 찌푸렸다.

"그냥 좀 넘어가. 사람이 사과를 했으면 그냥 받아주면 되지, 뭘 그렇게 꼬치꼬치 따져? 차준성한테도 그래? 그 게으른 놈이 그걸 받아줘?"

뭐가 그렇게 놀라운 건지 대영을 쳐다보던 시현이 입술을 벌렸다. 대영이 전혀 낯선 사람이라도 되는 듯 얼굴을 뜯어보던 시현이 어렵사리 물었다.

"혹시…… 차 사장님을 좋아하세요?"
"뭐? 지금 무슨 소리를 하는 거야?"
"그러니까 방금 말투가…… 꼭……."
"입 닥쳐!"

아픈 곳을 찔렀다.

시현의 말에 대꾸조차 하지 못했던 이유를 이제야 알았다. 시현은 사람의 마음을 읽는 듯 아픈 곳만 골라서 콕콕 찔렀다. '당신은 대단해요.'라는 칭찬도, '차준성을 좋아해?'라는 질문도 대영에게는 전부 아픈 부분이었다.

어릴 적부터 준성과 친구로 지내며 늘 준성과 비교를 당했다. 성대영 개인만을 놓고 봤을 때는 뛰어났지만, 준성의 옆에 있기에 이인자라는 소리를 들을 수밖에 없었다. 노력이라고는 잠잘 곳 찾는 노력밖에 안 하는 준성이 모든 면에서 월등히 뛰어난 것이 질투가 나는 한편, 경이롭기도 했다. 질투보다는 경외심이 더 컸던 것 같다.

그래도 역시 '당신이 최고야.', '당신이 이겼어.'라는 소리를 누군가에게서 듣고 싶기는 했다. 가식이 아닌 진심에서 우러나오는 말로.

시현의 말투는 빈정거리기는 했지만 진심이라는 걸 알 수 있었다. 몇 번 만나 본 적도 없는 여자인데 왜 시현의 말이 진심이라고 생각할 수 있는 건지는 모르겠다. 그냥, 거짓말을 하는 여자는 아닐 거란 생각이 들었다.

그리고 준성을 좋아하느냐는 질문은 정말로 당황스러웠다.

"아직도 차 사장님을 친구라고 생각하시는 것 같아서요."

시현은 기어코 그 말을 꺼내고야 말았다.

'어떻게 알았지?'

이시현이라는 여자가 마음을 읽는 능력이 있는 게 분명하다는 바보 같은 생각을 했다.

준성과 대영의 사이를 아는 모든 사람들이 '성대영이 먼저 차준성을 배신했다. 성대영이 미안해하지 않는 걸 보니 성대영은 원래부터 차준성을 친구로 생각하지 않았다. 그럴 만도 하다. 차준성 때문에 빛을 받은 적이 없으니까.'라고 생각했지만, 그건 사실과 달랐다. 대영은 때때로 능력 많은 준성을 질투했을지언정 준성을 친구가 아니라고 생각한 적이 단 한 번도 없었다.

윤예나와의 결혼도 사실은……

"여기서 뭐 해?"

낮고 느릿한 음성에 대영은 상념에서 깨어났다. 언제 온 건지 준성이 대영의 바로 옆에 서 있었다.

근처에는 대영과 준성의 관계를 알 만한 사람들이 많이 있었다. 그들은 흥미롭다는 듯 두 사람에게 시선을 보냈다. 하지만 준성은 늘 그렇듯, 그들의 시선 따위는 조금도 신경 쓰지 않았다. 어둡고 강렬한 눈동자가 대영에게서 시현에게로 옮겨졌다.

"성대영이 또 자네를 힘들게 했어?"

시현에게 향하는 준성의 음성은 대영을 대할 때와는 달랐다. 똑같이 낮고 느릿하지만, 그 안에 놀라울 정도의 애정이 담겨 있었다. 다른 사람들은 모르겠지만, 준성을 어릴 때부터 봐온 대영은 알 수 있었다.

"아뇨, 그냥 얘기를 좀 했어요."

"무슨 얘기?"

"그냥요. 사는 얘기요."

그 순간, 대영은 시현에게 진심으로 고마움을 느꼈다. 대영에게 손찌검까지 당한 시현이 없는 사실을 꾸며서 모함을 한다고 해도 대영은 할 말이 없는 상황이었다. 하지만 시현은 솔직하게, 아니, 오히려 감싸준다는 생각이 들 만큼 가볍게 대답했다.

준성의 표정이 아주 조금 누그러지는 듯 보였다.

"비켜."

준성의 눈동자가 다시 대영을 향했다.

"어…… 어?"

"거기 내 자리야."

"아아…… 그, 그래."

대영은 지켜보는 눈이 많다는 것도 잊고 주춤, 뒷걸음질을 쳤다. 그 모습을 본 사람들은 분명 '역시 성대영은 차준성한테 안 되는구나.'라고 생각할 게 뻔했다. 하지만 상관없었다.

대영은 그들의 시선보다 준성의 눈빛이 더 두려웠다. 어느 한순간에도 아는 사이인 적 없다는 듯한 그 서늘한 눈빛을 마주하는 것이, 대영에게는 무엇보다도 두려운 일이었다.

6

패션쇼는 생각보다 길지 않았다. 패션쇼가 끝난 후, 간단한 파티가 있을 거라는 알림이 있었다. 시현은 파티에 참가해 연예인들의 실물을 구경하고 싶었지만 준성은 참가할 생각이 없다고 했다.

"자네랑 둘이 있고 싶어."

라고 말하는데 그 제안을 거부할 수가 없었다. 달콤한 사람 같으니.

"팔짱 껴도 돼요?"

시현이 물었다.

"그런 걸 왜 물어봐?"

준성이 의아하다는 듯 대꾸하며 팔을 살짝 들어 올렸다. 시현은 웃으며 준성의 팔짱을 끼었다. 이 남자의 팔에 마음껏 팔짱을 낄 수 있다는 게 팔짱을 끼는 순간에도 신기했다. 준성을 마음껏 만질 수만 있다면 무슨 짓이든 할 수 있을 거라고 생각했던 게 먼 옛날의 일처럼 느껴졌다.

'맨 인 블랙'에 나오는 것처럼 똑같은 검은 정장을 입고 즐겁게 걸어가는 커플을 사람들이 한 번씩 쳐다봤다.

"어디 갈까요?"

"어디 가고 싶어?"

"음…… 아까 옷 사느라 저녁 못 먹었으니까 맛있는 거 먹으러 가요."

"뭐 먹을까?"

"아무거나 괜찮아요?"

"응."

"그럼 딱딱한 오징어구이 어때요?"

"……자네는 날 괴롭히는 게 재미있어?"

"재미없진 않아요."

"자네가 정말 먹고 싶다면 그걸로 해."

시현은 크게 감동을 받았다. 이 남자가 그 씹기 힘든 오징어구이도 마다치 않다니!

"사장님, 정말로 절 사랑하시는군요."

"그래. 말했잖아."

준성과 함께 거리를 걷는 것이 좋았다. 4월 말의 밤바람에 희미한 꽃 향이 섞여 있었다. 시현이 걸음을 빨리하면 준성의 걸음도 빨라졌고, 시현이 속도를 늦추면 준성도 느려졌다. 사랑하는 사람과 같은 속도로 같은 곳을 걷고 있다는 게 이토록 안심이 되는 일인지 몰랐다. 그래서 거리를 다니는 연인들은 온통 행복한 표정인 모양이다.

저녁으로는 돼지갈비를 먹었다. 준성은 '왜 인간은 먹으면서 씹는 운동까지 하는 거지?'라고 의문을 제기했지만, 막상 돼지갈비가 나왔을 때는 맛있게 먹었다. 늘 그렇듯 준성이 먹는 속도는 시현보다 느려서 시현은 자신이 너무 게걸스럽게 먹는 게 아닌지 고민에 빠졌다.

식사를 한 후에는 테이크아웃 커피숍에서 따뜻한 커피를 두 잔 사서는 각각 하나씩 손에 들고 느릿하게 거리를 걸었다. 사람들이 적은 곳을 지나, 많은 곳을 지나, 다시 적은 곳으로 접어들었을 때 준성이 말했다.

"이렇게 걷는 것도 좋은데?"

부드러운 음색이 마치 듣기 좋은 음악 같았다. 시현은 매일 그의 음성을 들으며 잠에서 깬다면 정말 행복할 거라는 생각을 했다. 혹시 내 목소리는 너무 까랑까랑해서 싫은 게 아닐까 싶어 준성을 쳐다봤더니, 준성이 걸음을 멈추고 허리를 굽혀 시현의 입술에 가볍게 입을 맞췄다.

"그렇게 쳐다보면 키스하고 싶어진다니까."

시현은 작게 웃었고, 그 모습을 본 준성의 얼굴에도 희미한 미소가 떠올랐다. 둘은 조금 더 걷다가 시현의 집 근처에서 헤어졌다.

그날 밤, 시현은 꿈을 꿨다.

늘 그렇듯 시현이 꿈속에서 눈을 떴을 땐, 그 집을 벗어나지 못한 상태였다. 어떤 것이 현실이고 어떤 것이 꿈인지 알 수 없어 한동안을 헤맸고, 그 집이 현실이라고 체념하듯 믿게 됐을 때 민희가 나타났다.

긴 머리를 질끈 묶은 민희는 성난 눈으로 시현을 노려보다가,

"내가 현실이라고! 나, 차민희가 주인공이란 말이야!"

라고 외쳤고, 어째서인지 배경이 수영장으로 바뀌었다. 민희는 이것 보라는 듯 웃으며 시현을 쳐다보다가 자기 뒤를 가리켰다. 민희의 뒤로 정장을 입은 채 풀장에 둥둥 떠 있는 준성의 모습이 보였는데, 준성은 놀랍게도 마른오징어를 맛있다는 듯 씹고 있었다.

그 순간 시현은 그것이 꿈이라는 걸 알았고, 잠에서 깨어났다. 창문 사이로 들어오는 아침 햇살에 인상을 찡그리며 반사적으로 눈가를 만졌다. 아침에 눈을 뜰 때마다 함께하던 눈물이 그날에는 없었다.

7

패션쇼를 보러 갔던 이튿날부터 시현은 바쁘게 시간을 보냈다. 첫 번째 이유는 희영과 여훈의 만남 때문이었다.

시현 혼자서 고객 간의 만남을 주선하는 건 처음이었기에 들뜨고 긴장되어 어디서부터 손을 대야 할지 알 수 없었다. 다른 사원들이 장소 선정이라든가, 그날의 코디 등의 팁을 주지 않았더라면 혼자서는 하기 힘들 뻔했다.

시현은 그날의 스타일 콘셉트를 '대학생 미팅'으로 정했다. 순수하게 펜팔로 친해졌으니 좀 더 풋풋한 기분으로 만나는 게 좋을 것 같다는 생각에서였다. 여훈은 '이 나이에 대학생 복장이 어울릴까요?'라며 난감해했지만 싫은 눈치는 아니었고 희영은 단번에 승낙했다.

[시현 씨, 나한테 잘해 주잖아. 이번에도 생각이 있는 거겠지. 믿어볼게.]

희영의 격려에 힘을 얻은 시현은 그 기세를 몰아붙여 장소를 정하고 두 사람의 만남을 진행했다. 대학가의 예쁜 카페에서 처음 서로를 보게 된 두 사람의 분위기는 나쁘지 않았다.

희영은 무릎까지 오는 연두색 치마에 블라우스, 그 위에 아이보리색 카디건을. 여훈은 아이보리색 면바지에 미색 남방, 그리고 흰색 조끼를 입었다. 희영의 카디건과 여훈의 바지가 비슷한 색상이라서 꼭 커플룩으로 맞춰 입은 것처럼 보였다.

그걸 보며 시현은 '그래, 저런 게 진짜 자연스러운 커플룩이지. 사장님한테도 좀 보여 주고 싶다.'라는 생각을 했다.

첫 만남 자리에서 희영은 수줍게 얼굴을 붉혔고, 여훈은 여자 처음 만나는 남자처럼 안절부절못했다. 시현은 10분쯤 앉아 있다가 자리를 떴는데 그날 저녁 전화를 건 희영은,

"시현 씨, 여훈 씨 너무 괜찮다. 완전 귀여워."

라며 좋아했다.

첫 만남을 주선하느라 바쁜 와중에도 시현은 준성과의 퇴근 후 데이트를 놓치지 않았다. 시현이 몇 시에 끝나든 준성은 늘 사장실에서 시현을 기다리고 있었다.

"사장님, 피곤하실 텐데 저 늦게 끝나는 날은 먼저 들어가셔도 돼요."

라고 했더니,

"자넬 못 보면 더 피곤해."

라는 대답이 돌아왔다.

시현과 준성은 여느 연인들처럼 데이트를 즐겼다.

가끔은 영화를 보고, 또 가끔은 저녁 식사 후 카페에서 수다를 떨었다. 영화는 늘 시현이 보고 싶은 영화를 봤고 음식도 늘 시현이 먹고 싶은 음식을, 수다를 떠는 쪽 역시 시현이었지만 시현은 준성이 그 시간을 즐긴다는 걸 확신할 수 있었다.

함께하는 내내 준성은 따스한 눈으로 시현을 바라봤다. 시현을 가득 담은 그의 흑요석 같은 눈동자는 지루함에 흔들린 적이 단 한 번도 없었다. 이 세상에 마치 시현밖에 없다는 듯 바라보는 그의 시선이 좋았다. 시현의 재잘거림에 희미한 미소를 짓고 있다가,

"자네 목소리가 좋아."

라고 말하는 그의 음성을 사랑했다.

처음 맡은 일이 잘 풀리고 있었고 준성과 함께하는 시간도 더없이 행복했다. 그래서 시현은 민희의 충고를 잊었고 준성이 어떤 위치에 있는 사람인지에 대해서도 잠시 망각하고 있었다.

이야기 다섯.

1

생각지도 못했던 전화가 걸려온 건 벚꽃도 다 떨어진 5월 초의 어느 날이었다. 일찍부터 놀러 와서 수다를 떨던 민희가 기삿거리가 생겼다며 서둘러 사무실을 나간 바로 그때, 시현의 사무실 전화벨이 울렸다.

"네, 로운입니다."

[전화를 받는 사람이 이시현 씨입니까?]

상대는 남자였고 젊은 사람의 목소리였다.

"네, 제가 이시현입니다. 로운 회원님이신가요?"

[해성 그룹 차민수 사장님의 비서입니다. 사장님께서 이시현 씨를 만나고 싶어 하십니다. 오늘 오후 7시까지 서초동에 있는…….]

"잠시만요."

기계처럼 높낮이 없는 음성으로 자기 할 말만 늘어놓는 상대의 태도가 기분 나빴다. 시현이 말을 끊었지만, 상대는 무시하고 만날 장소와 꼭 나오라는 말까지 한 후에 대답도 듣지 않고 전화를 끊어 버렸다.

시현은 끊긴 전화기를 멍하니 쳐다보다가 수화기를 내려놨다.

'차민수'라는 이름은 알고 있었다. 우리나라 사람이라면 한 번쯤은 그 이름을 들어봤을 것이다. 해성 그룹의 사장, 조만간 해성 그룹의 회장이 될 사람. 그리고 차준성의 아버지.

차민수가 왜 자신을 만나려고 하는 건지 알 수 없었다. 차민수의 비서는 아무에게도 말하지 말고 시현 혼자 나오라고 했다.

'아, 혹시 그건가? 재벌가 아들이 평범한 여자를 사귀면 그 아버지가 직접 나서서 헤어지라고 하는, 그런 거?'

한숨이 나왔다.

준성을 좋아한다는 걸 깨달았을 때만 해도 준성과 자신이 서 있는 위치의 차이를 분명하게 알고 있었다. 그래서 더 고백하지 못하고 이런저런 핑계를 대가며 자신을 속였다. 그런데 어느 순간부터인가 그 사실을 망각하고 있었다.

해성 그룹 후계자이면서도 친근하게 다가오는 명성의 행동, 사랑과 복수에 대해 고민하는 준성의 인간적인 모습을 가까이서 봐왔기 때문이었다.

'역시 내가 사장님한테 너무 부족해서 만나자고 한 거겠지.'

아무리 생각해도 차민수가 만나자고 할 다른 이유를 찾을 수가 없었다. 시현은 전화기가 차민수라도 된다는 듯 노려보며 생각에 잠겼다.

2

차민수는 서초동으로 향하는 차 뒷좌석에 앉아 있었다. 요새 들어 부쩍 침침해진 눈을 감으며, 얼마 전 우연히 만난 윤 의원을 떠올렸다. 윤 의원은 똑똑한 아드님을 둬서 좋겠다며 부러운 듯 말했지만, 그 능구렁이 같은 노인네가 윤예나의 뒤에서 무슨 짓을 하고 있는지는 아무도 몰랐다.

차민수는 금방이라도 결혼할 것 같았던 예나와 준성이 왜 이별을 했는지에 대해서는 아직도 알지 못했다. 예나와는 따로 만난 적이 없고, 준성은 원래 말을 하지 않는 녀석이고, 명성은 이유를 알고 있는 것 같긴 한데 너구리처럼 의뭉스럽게 대답을 피했다. 그나마 민희가,

"그 기집애가 욕심이 많거든요. 그래서 준성 오빠가 눈에 안 찼나 보죠."

라고 말했지만, 예나가 선택한 건 준성보다 못한 대영이었다. 단지 욕심 때문에 대영을 택한 건 아니리라.

윤 의원은 늘 두 사람의 이별이 준성의 탓이라는 듯 말했고, 이별의 이유를 전혀 모르는 차민수는 그 말에 반박할 수가 없었다. 그런 상황에서 준성이 계속 예나의 남편을 끌어내리는 데 성공하니, 사위가 당하는 꼴을 보는 윤 의원의 심기가 불편한 건 당연했다.

여태껏 윤 의원이 가만히 있었던 이유는 차민수와 똑같은 생각 때문이리라. 굳이 건드려서 좋을 거 없으니 나쁘지 않은 관계를 유지하자는 생각.

하지만 예나가 움직이기 시작했으니 윤 의원도 가만히 있지

는 않을 게 분명했다. 윤 의원은 권력을 갖기 위해서라면 자기 손녀라도 얼마든 이용할 수 있는 인간이었다.

준성에게는 도움을 바라지 말라고 했지만, 윤 의원이 '애들 싸움'에 끼어들려고 한다면 이쪽도 가만히 있을 수는 없었다. 하지만 준성을 도와주기 전에 애들 싸움의 원인이 된 이시현이라는 여자를 만나보고 싶었다.

차민수는 시간에 딱 맞춰 약속 장소에 도착했다. 서초동에 위치한 고급 한식 요릿집은 전부 별채, 독방으로 나뉘어 있어서 조용하게 얘기하기에 좋은 곳이었다. 안에 들어가자 낯익은 매니저가 다가와 시현이 와서 기다리고 있다는 걸 알렸다.

"혼자 왔습니까?"

"네, 혼자십니다."

혼자 오라고 전하기는 했지만 정말로 혼자 올 줄은 몰랐다. 꼭 준성까지는 아니더라도, 명성이나 민희와 함께일 줄 알았다. 그 두 사람이라면 이런 자리를 놓치지 않을 테니까.

'정말 아무한테도 말하지 않은 건가? 미련한 건지, 정직한 건지.'

바보가 아닌 이상 시현도 차민수가 만나자는 이유를 짐작했을 것이다. 그렇다면 자신을 보호해 줄 누군가를 데리고 오는 게 당연한 행동이다.

시현은 차민수가 올 때마다 안내를 받는 가장 안쪽의 방에서 차민수를 기다리고 있었다. 문이 열리는 소리에 돌아보는 시현을 보며 차민수는 그때 로운 본사 로비에서 마주친 그 여성이라는 걸 알아봤다. 그때 혹시나 했는데, 역시 그 여성이 시현이었다.

시현이 일어났다.

"안녕하세요, 사장님."

시현의 음성은 맑았고, 말투는 끝을 길게 끌지 않아 조금 딱딱한 느낌을 줬다. '당신과 나는 사무적으로 만나는 사이입니다.'라는 생각을 전하는 것 같았다.

회색 바지 정장에 딱 맞는 재킷을 입었고, 긴 머리를 뒤로 깨끗하게 넘겨 하나로 묶었다. 유독 하얀 얼굴에 큼직한 눈이 모양 좋게 자리 잡았고, 끝이 둥근 코와 도톰한 입술이 조화로웠다. 고양이를 닮은 얼굴은 약간 깐깐해 보였고, 꾹 다문 입술을 보니 고집이 있을 것 같았다. 예나와는 완전히 다른 느낌의 여성이었다.

차민수는 시현의 맞은편으로 가서 앉으며 시현에게도 앉으라고 했다. 시현이 앉는 걸 확인한 후 메뉴판을 펼쳤다.

"저녁 전이지요? 뭐 드실래요?"

'아무거나 괜찮습니다.'라는 대답을 예상했는데,

"저는 떡갈비 정식을 먹겠습니다."

깜짝 놀랄 정도로 딱 부러진 대답이 들려왔다. 차민수는 잠시 메뉴 고르는 것을 잊고 시현을 쳐다봤다. 자신이 제대로 들은 건지 궁금했기 때문이다. 시현은 왜 그러느냐는 듯 고개를 옆으로 기울이며 다시 한 번 말했다.

"사장님을 기다리면서 메뉴판을 좀 봤거든요. 떡갈비 정식이 맛있을 것 같아요."

이 아이, 왠지…….

차민수는 웃음을 참으며 옆에서 대기하고 있던 매니저에게 말했다.

"떡갈비 정식으로 두 개 주세요."

차민수는 자꾸 터져 나오려는 웃음을 참는 게 힘들었다.

차민수는 해성 그룹의 사장이자, 시현의 연인인 준성의 아버지였다. 그런 자신을 처음 대면하는 이런 자리에서 먹고 싶은 메뉴를 딱 집어 고르는 건 어려운 일이다. 긴장한 채 바들바들 떨면서 기다리고 있어도 힘들 판에 메뉴를 고르면서 기다렸다니.

성질 사나운 민희가 요새 시현과 어울리고 있다는 얘기를 들었을 때는 의아했는데, 이제야 이해할 수 있었다. 민희는 재미있는 사람을 좋아한다.

"아, 로운 클럽의 이시현입니다. 잘 부탁드립니다."

시현이 명함을 꺼내 두 손으로 공손히 내밀었다.

"해성 그룹의 차민수입니다. 명함은 가지고 오질 않았네요."

"네, 괜찮습니다."

"내가 오늘 왜 보자고 한 줄은 알겠어요?"

"음…… 알 것 같기도 하고, 모를 것 같기도 하고…… 그렇습니다."

"그래요. 지금 이야기할까요, 식사한 후에 이야기할까요?"

"요리가 나올 때까지 오래 걸린다면 지금 말씀하셔도 좋을 것 같습니다."

시현이 시원시원하게 대답했다. 상상한 것과는 다른 이미지에 차민수는 조금 당혹감을 느꼈다. 예나와 비슷한 스타일일 줄로만 알았기 때문이다.

"그럼 얘기하지요. 시현 씨가 준성이랑 사귀고 있다는 이야기를 들었어요. 그래서 시현 씨에 대해 조사를 좀 해봤어요.

어린 나이에 가출을 했더군요. 검정고시로 고등학교 졸업장을 땄고, 전문대학교를 졸업했죠. 틀린 거 있나요?"

"없습니다."

차민수는 시현의 얼굴을 빤히 쳐다봤다. 하지만 시현이 무슨 생각을 하는지 읽어낼 수가 없었다.

"시현 씨도 알 거예요. 우리 준성이랑 시현 씨랑 어울리지 않는 위치에 있다는 거. 준성이는 해성 그룹의 핏줄이고 지금껏 엘리트 코스를 밟아왔어요. 시현 씨도 커플매니저를 하니까 알고 있을 거예요. 준성이 같은 남자가 어떤 여자와 사귀고 결혼을 하는지. 해성 그룹은 준성이에게 거는 기대치가 있고, 아버지인 나 역시 준성이의 신붓감으로 원하는 기대치라는 게 있어요. 시현 씨는 그 기대치에 한참 못 미쳐요."

차민수는 잠시 말을 끊고 다시 시현의 표정을 살폈다. 시현은 모두 납득한다는 듯 고개를 끄덕이고 있었다.

"네, 사장님 말씀이 맞습니다."

"그럼 내가 무슨 말을 하려는지도 알겠지요?"

"헤어지라는 말씀이신가요?"

"그래요."

"그렇군요."

시현은 담담해 보였다. 헤어짐을 종용당한 여성들에게서 곧잘 보이는 비운의 표정조차 짓고 있지 않았다. 차민수는 도저히 시현의 생각을 짐작할 수가 없었다.

"물론 내 아들을 놔주는 대가는 지불할 생각이에요."

시현의 속을 긁기 위해 일부러 자극적인 단어를 택했다. 차민수의 입술을 향하고 있던 시현의 시선이 천천히 올라가 차민수의 눈에 고정되었다.

"대가요?"

"그래요."

차민수는 가지고 온 봉투를 꺼냈다. 하얀 봉투 안에는 1억짜리 수표가 두 장 들어 있었다.

"이억이에요."

이번에도 시현은 차민수가 예상하지 못한 행동을 했다. 단 한 번의 거절도 없이 봉투를 받아든 것이다.

"이억이요."

"그래요. 준성이랑 확실하게 헤어진 게 확인되면 이억을 더 줄게요. 그거면 작은 아파트라도 한 채 살 수 있을 거예요."

"제가 요새 아파트 시세를 잘 몰라서요."

"……."

이 아이는 도대체 무슨 생각을 하고 있는 걸까?

생뚱맞게 아파트 시세를 고민하는 시현을 멀거니 쳐다보고 있는데, 장지문 밖에서 매니저의 목소리가 들려왔다.

"사장님, 요리를 내오려고 하는데 괜찮을까요?"

"들어오세요."

장지문이 열리고 곱게 한복을 차려입은 종업원들이 들어와 식탁 위에 색색가지 반찬과 노릇노릇하게 익힌 떡갈비를 내려놨다. 시현은 돈 봉투에서 시선을 거두고 떡갈비를 물끄러미 쳐다보고 있었다.

종업원들이 나간 후, 시현이 말했다.

"그럼 식사를 하면서 생각해 보겠습니다."

시현은 정말로 밥을 먹었다. 그것도 아주 맛있게.

아무 일도 없었다는 듯, 아무 얘기도 듣지 못했다는 듯 떡갈비를 맛있게 즐기는 시현을 차민수는 뭐라고 판단해야 좋을지 알 수 없었다. 석판에 나온 떡갈비를 반쯤 먹은 시현이 잠시 젓가락을 내려놓더니 말했다.

"사장님, 떡갈비가 제 생각보다 맛있는 거 같아요."

"……그, 그래요. 많이 들어요."

도저히 종잡을 수 없는 행동에 차민수는 화조차 나지 않았다. 그래서 차민수도 그냥 저녁을 즐기기로 했다. 시현의 말대로 달짝짭조름한 떡갈비는 맛이 좋았다.

식후 입가심으로 나온 식혜까지 마신 후에 시현이 봉투를 식탁 위에 올려놨다. 시현은 기이한 생물이라도 된다는 듯 한참 동안 봉투를 쳐다봤고 차민수는 시현이 말하기를 기다렸다.

"밥 먹는 동안 생각을 해봤습니다."

"그래요."

"차준성 사장님이 입는 정장이 한 벌에 오천만 원이 넘는다고 알고 있습니다. 구두에 시계까지 합치면 일억이 넘고요."

차민수는 시현이 왜 저런 얘기를 하는지 몰라 미간을 좁혔다. 시현은 여전히 돈 봉투를 응시하고 있었다.

"차준성 사장님은 가끔, 아니, 좀 자주 수영장에 둥둥 떠 계십니다. 정장을 입은 채로요. 구두까지 신고."

아들의 또 다른 기행을 들은 차민수는 터져 나올 뻔한 한숨을 삼켰다.

"소독약이 들어간 수영장 물 때문에 못 입게 된 정장은 그냥 버리고 다른 정장을 사 와서 입으시더라고요. 똑같이 몇 천만 원, 어쩌면 일억이 넘을지도 모르는 걸로요. 그건 아마도 차준성 사장님이 가진 돈이 많으니까 가능한 거겠죠. 저는 십만 원짜리 정장도 쉽게 버리지 못하지만, 차준성 사장님에게는 일억짜리 정장쯤 버려도 상관없는 물건인 거예요. 그게 차준성 사장님과 저의 위치 차이겠죠. 차준성 사장님이 저보다 얼마나 높은 곳에 있는지는 잘 알고 있습니다."

시현이 말을 시작한 후 처음으로 돈 봉투에서 눈을 떼고 차민수를 똑바로 쳐다봤다.

"그리고 해성 그룹과 제가 크게 다르지 않은 위치에 있다는 걸 오늘 알게 됐습니다."

"무슨 말이지요?"

"이억을 주셨잖아요. 아, 완전히 헤어지면 이억을 더 주신다고 했으니 사억이죠. 사억을 주셨잖아요. 그게 차준성 사장님에게 거는 기대치의 대가 아닌가요? 해성 그룹과 사장님께서 거는 기대가 크다고 하셨으니, 그만한 대가를 치르기 위해 마련하신 돈이겠지요. 사억."

"……."

"그게 해성 그룹과 사장님께서 차준성 사장님을 온전히 갖기 위해 최대한으로 지불할 수 있는 돈이겠죠. 만약 그 이상을 지불할 수 있는데도 사억만 마련하신 거라면, 해성 그룹이 차준성 사장님에게 거는 기대는 고작해야 전 재산의 일 퍼센트도 안 된다는 말이고요. 아닌가요?"

말하는 동안 시현은 차민수에게서 눈을 떼지 않았다. 시현의 음성은 낮았지만 발음은 정확했고, 그래서인지 그녀의 말에 담긴 비난이 아프도록 거세게 고막을 자극했다.

"제안하신 그 사억, 저도 마련할 수 있습니다. 차준성 사장님을 갖기 위해서라면 사억, 어떻게든 마련할 수 있습니다. 물론 그 돈을 갚기 위해 제 반평생을 투자해야겠지만, 저는 차준성 사장님을 가질 수만 있다면 제 한평생이라도 전부 내던질 수 있습니다. 그게 제가 차준성 사장님께 거는 기대치입니다."

시현은 두 손으로 돈 봉투를 잡아 차민수 쪽으로 밀어서 보냈다.

"버릇없이 굴어서 죄송합니다, 사장님. 하지만 부자의 천 원과 가난뱅이의 천 원은 분명 다르다고 생각합니다. 일 퍼센트도 안 되는 마음과 한평생을 걸 각오 역시 다르고요. 해성 그룹의 사억으로는 제 사억을 이길 수 없습니다. 그만 가보겠습니다."

버릇없이 굴었다고?

차민수는 전혀 그렇게 생각하지 않았다. 시현의 이야기를 듣는 동안 차민수는 딱 하나를 생각했다.

'준성이 이 녀석, 어디서 이런 인재를 구한 거지?'

시현은 자신의 위치를 분명히 알고 있었다. 자신과 준성 사이에 얼마나 큰 격차가 있는지도 확실하게 받아들였다. 그러나 물러서진 않았다. 비굴하게 울면서 '우리 사랑하게 해 주세요.'라고 말해도 될 법한 상황에서 시현은 자신을 해성 그룹보다 높은 위치로 올려놓았다.

말 한마디로 천 냥 빚을 갚는다고 했다. 시현은 몇 마디의 말로 준성을 생각하는 마음을, 해성이 따라잡을 수 없도록 만들어 버렸다.

놀라운 여자였다. 해성 그룹으로 끌어들이고 싶을 만큼 탐이 났다.

백을 들고 일어난 시현이 꾸벅 인사를 하고 문고리를 잡았다. 차민수는 간신히 정신을 차리고 시현을 불렀다.

"시현 씨."

시현이 문고리를 놓고 정중하게 돌아섰다.

"네, 사장님."

"내가 얼마를 주면 준성이를 포기할 수 있겠어요?"

시현은 잠시 생각하는 듯하더니 심장이 덜컥 내려앉을 만큼 아름다운 미소를 지으며 말했다.

"해성 그룹을 저에게 주세요. 그럼 고민해 보겠습니다."

3

매일 오는 집이 유독 낯설게 느껴지는 이유는 평소와 다른 시간에 들어왔기 때문일 것이다. 퇴근 후에 즐기는 시현과의 데이트. 오랫동안 지속되어 온 일이 아닌데도 그새 익숙해졌다. 퇴근 후, 오렌지빛 태양이 저물어가는 시간에는 시현과 함께 있는 게 당연한 일상이 됐다.

이 시간, 커다란 창문으로 들어오는 늦은 오후의 햇볕은 시현과 함께 있을 때와 같은 빛깔이었다. 준성은 진한 아메리카노를 담은 머그컵을 들고 창가에 섰다. 선명한 오렌지빛 태양이 주홍색으로 빛나다가 건물들 사이로 사라지는 걸 지켜봤다.

얼마 전까지만 해도 이렇게 혼자 저무는 태양을 구경하는 날에는 가슴에 바람이 들어차곤 했다. 그 바람은 너무 차가웠지만, 어떻게 해도 막을 수가 없었다.

하지만 지금은 다르다. 이시현이라는 창문이 준성의 가슴께에서 차가운 바람이 한 자락도 못 들어오도록 막아주고 있었다. 함께 있지 않아도 함께 있는 듯한 기분이 들었다.

시현의 손을 마음껏 잡고, 키스하고 싶을 때마다 키스할 수 있다는 것이 여전히 꿈처럼 느껴졌다. 아침에 눈을 뜰 때마다 혹여 지금까지의 모든 것이 꿈일까 두려워, 출근한 후 가장 먼저 시현의 사무실로 향했다. 사무실에 딸린 자그마한 창문으로 시현의 얼굴을 확인한 후에야 시현이 실제로 존재한다는 사실에 안도했다.

새끼고양이 같은 눈으로 준성을 올려다보는 모습은 견딜 수 없이 사랑스러웠다. 그래서 쪽, 입을 맞추면 시현은 얼굴을 붉히며 눈을 반달 모양으로 접고 웃었다. 그게 또 사랑스러워서 다시 한 번 입을 맞추면 시현은 성난 고양이처럼 눈썹을 모으고,

"어휴, 적당히 좀 하세요."

라고 투덜거렸다. 그 모습조차도 사랑스러워서 꼭 끌어안으면, 시현은 '숨 막혀요, 사장님!' 하고 버둥거리다가 아늑한 곳을 발견한 고양이처럼 준성의 가슴에 얼굴을 묻었다.

어느 한 군데 버릴 것 없이 사랑스러워서 매일 같이 있어도 매일이 새로웠다.

해가 완전히 저물어 하늘이 진청색으로 변하자 준성은 소파에 누워 천장을 올려다봤다.

시현이 이 소파에 웅크리고 누워 눈물을 흘리는 걸 본 것이 먼 옛날의 일처럼 느껴졌다. 하지만 단 한 순간도 그 일을 잊지 않았다. 시현은 이제 준성을 보면서 환하게 웃지만, 준성은 시현이 여전히 잠을 자면서 울 것 같다는 생각을 버릴 수 없었다.

'뭐가 자네를 울게 하는 거지?'

준성은 시현 덕분에 웃는다. 그래서 시현도 준성 덕분에 웃기를 바랐다.

'내가 어떻게 해야 자면서도 울지 않을까?'

시현과 함께 있지 않은데도 머릿속이 온통 시현으로 가득 차 있었다. 벌써 시현이 보고 싶었다.

그러고 보니 시현과 휴대폰으로 통화를 해 본 적이 없다. 늘 늦게까지 함께 있고 주말에도 만나니 통화를 할 이유가 없었다.

전화나 걸어볼까 싶어서 휴대폰에 저장된 시현의 전화번호를 찾고 있는데, 딩동, 초인종이 울렸다. 9시가 조금 넘은 시간. 이런 시간에 찾아올 사람은 명성밖에 없다. 준성은 명성을 상대하는 게 귀찮았지만 그래도 형이니까 어쩔 수 없이 일어나 문을 열었다.

열린 문 사이로 보인 사람은 명성이 아니었다. 선물이었다.

갑작스러운 방문에 준성의 눈이 커지는 걸 보며 시현이 빙그레 웃었다.

"자네가 여긴 어쩐 일이야?"

깜짝 놀라서 바보 같은 질문을 하고 말았는데, 시현은 다 알고 있다는 듯 통통 튀는 경쾌한 목소리로 대답했다.

"보고 싶어서요."

4

내일 조간으로 나올 기사들을 훑어보던 민희의 눈이 어느 기사에서 멈췄다. 기사를 꼼꼼히 읽은 민희는 기사를 쓴 기자의 이름을 확인했다. 이 신문사에서 10년 넘게 근무해온 베테랑 기자였다.

민희는 신문을 들고 당장 뛰어 올라갈까 하다가 생각을 바꿨다. 민희가 날뛴다고 바뀔 건 없었다. 민희는 잘못 본 게 아닌지 다시 한 번 기사를 읽어본 후, 명성에게 전화를 걸었다.

5

기사를 읽은 명성이 굳은 표정으로 물었다.
"이걸 쓴 기자, 믿을 만한 친구야?"
"글쎄. 나도 개인적으로는 친분이 없어서. 일단 이쪽에서는 꽤 베테랑이야."
"베테랑이라…… 베테랑인 친구가 왜 G 제약회사 차남의 결혼 기사 따위를 쓰고 앉아 있는 거지?"
"역시 이상하지?"
G 제약회사 차남의 결혼 소식은 기사로, 그것도 1면에 실릴 기사로 다룰 만한 사건은 아니었다. 아무리 G 제약회사가 신문사의 최대 광고주라고 해도, 장남도 아닌 차남의 결혼 소식을 1면에 싣는 것은 이상했다. 게다가 그의 상대는 다름 아닌 K 저축은행 회장의 딸, 김희영이었다.

"들은 건 없고?"

"요새 대단한 사건이 있는 것도 아니고, 일 면에 실릴 기사를 정하는 건 내가 아니니까. 그리고 이 기사 제대로 알고 쓴 건지조차 의심스러워. 이상하단 말이야. 최찬영이랑 김희영 사이, 내가 확실하게 갈라놓은 줄 알았는데."

"시현 씨는 뭐래?"

"시현이에겐 아직. 오빠한테 제일 먼저 말하는 거야. 그리고 김희영에 대해 묻는 거라면, 적어도 시현이는 김희영이 자기가 소개시켜준 남자랑 잘되어가고 있다고 믿고 있어. 요새 두 사람 분위기 좋은 것 같다면서 시현이도 들떠 있었거든."

"흐음."

명성은 인상을 찌푸리고 신문 안에 적이 있기라도 한 듯 그것을 노려봤다. 짜증스럽게 머리를 뒤로 쓸어넘긴 민희가 말했다.

"고민할 게 뭐가 있어? 어차피 둘 중 하나인데. 이 기사가 거짓말이거나, 김희영이 거짓말쟁이거나. 젊은 CEO보다는 G 제약회사 차남이 더 나을 것 같아서 김희영이 양쪽 남자를 다 만나고 다녔을지도 모를 일이지. 그 여자, 꽤 성깔 있어 보였거든."

"이 기사가 거짓일 가능성은?"

"거의 없어. 거짓 기사를 내보내면 신문사 평판도 땅에 떨어지고 기자 본인도 이쪽 업계에 발도 못 들여놓게 될 텐데 누가 거짓 기사를 쓰겠어? 기사는 사실일 거야. 적어도 기사를 쓴 기자는 사실이라고 믿으니까 썼겠지."

"만약 이 기사도 사실이고, 김희영도 거짓말쟁이가 아니라면…… 누군가 이 기사가 사실이 되게끔 움직였다는 뜻이겠군."

민희가 가볍게 고개를 끄덕였다. 명성은 검지로 테이블을 톡톡 두드리며 생각에 잠겼다. 민희는 지루하다는 듯 하품을 하며 명성의 사무실을 둘러봤다.

"이 기사가 나가는 걸 막을 방법은 없나?"

"없어. 이미 인쇄 작업 들어갔을 거야. 게다가 이 기사가 거짓말이라는 것도 밝히지 못했잖아. 그럼 방법이 없지."

"그럼 이 기사를 무마시킬 방법은?"

"아직까지는 무마시키지 않아도 될 것 같은데? G 제약회사 차남의 결혼 따위, 누가 관심을 갖겠어? 다들 그냥 읽고 넘어갈 거야."

"하지만 윤예나가 뭔가를 꾸미고 있는 게 분명하잖아. 내가 봤을 때, 김희영이란 여자가 두 남자를 동시에 만나고 다녔을 가능성은 거의 없어. 그 여자, 허영심은 있어도 바보는 아닌 것 같았거든. 그렇다면 최찬영이 나서서 이 일을 진행시켰다는 걸 텐데…… 최찬영이 미치지 않은 이상 아무것도 없는 상태에서 결혼 진행을 하진 않았을 거야. 기사까지 내보냈는데 자칫 잘못했다가는 가문의 이름에 먹칠을 하는 걸 테니까. 하지만 그 멍청한 친구가 혼자서 일을 꾸몄을 리는 없어. 믿는 구석이 있으니까 이런 기사를 내보냈겠지."

"나도 이 일 뒤에 윤예나가 있을 거란 말엔 동의해. 뭐, 그 기집애라면 이 정도 기사쯤 마음만 먹으면 무마시킬 수도 있고. 그런데 문제는 지금 이 기사를 무마시키는 게 과연 잘하는 일일까, 하는 점이야."

"시작되기 전에 싹을 잘라 버리는 게 낫잖아."

"그거야 시현이 상처 입히고 싶지 않은 당신이나 그런 거고."

민희가 남자들은 어쩔 수 없다는 듯 고개를 저었다. 명성은 민희가 말도 못 하게 얄미웠지만 애써 여유로운 척 미소를 지었다.

"그럼 차민희 양은 더 좋은 생각이 있나 보지?"

"일단 오빠든, 차준성이든 알아야 될 건 윤예나가 반미치광이라는 거야. 예로부터 지금까지 미친놈들은 순순히 물러서는 법이 없지."

"……그래서?"

"윤예나는 이시현을 싫어해. 시현이를 자기 아래에 두기 위해서는 무슨 짓이든 할 거야. 최찬영을 이용해 꾸미는 일이 무산된다고 해도 거기서 멈추지는 않겠지. 아마 또 다른 방법을 찾을걸?"

그제야 명성도 민희의 말을 알아들었다.

"그렇군. 그럼 일단 뭘 하나 두고 보자는 건가?"

"그래야지. 그래야 윤예나가 뭘 할 수 있는지, 어디까지 할 수 있는지 알게 될 테니까."

"그럼 우선은 이 사실에 대해 시현 씨한테 말해 줘야지. 그래도 자기 고객 일인데, 분명 충격받을 거야."

"그건 반대. 시현이한테는 말하지 마."

민희가 조금 전보다 강경하게 말했다.

"시현이는 너무 솔직한 애고 위기가 닥치면 스스로의 힘으로 어떻게든 극복하려고 하는 애야. 걔가 미리 알게 되면 타격을 줄이기 위해서 뭐든 할 거야."

"타격을 줄여야지."

"아니, 타격을 받게 놔둬. 시현이가 타격을 받고 고민하고 어설프게 대응해야 돼. 그래야 윤예나가 시현이를 우습게 볼 거고, 우습게 보면 우습게 볼수록 공격하는 방법도 치졸해질 거야. 그렇게 밑천을 드러내야 완전히 윤예나의 싹을 잘라 버릴 수 있어."

민희의 눈이 야차같이 빛났다. 모르는 사람이 본다면 민희가 개인적으로 윤예나와 원한이 있다고 생각할 것이다.

민희의 말이 맞긴 하지만 그래도 명성은 걱정스러웠다.

"윤예나가 시현 씨를 우습게 보지 않고 처음부터 제대로 된 공격을 할 수도 있잖아. 일이 커져서 수습하기 힘들어질 수도 있어."

명성의 말에 민희가 부드러운 미소를 지었다. 조금은 오만해 보일 정도로 자신감에 찬 미소였다.

"상관없어. 윤예나는 날 절대로 못 이기니까."

6

시현이 최찬영과 김희영의 결혼 소식에 대해 알게 된 건 출근 후 10분쯤 지났을 때였다. 아직 근무 시간 전인데 사무실로 찾아온 한희재 과장의 손에는 여러 신문사의 신문들이 들려 있었다.

"시현 씨, 이 기사 봤어요?"

한희재의 표정이 어두웠기에, 시현은 황망히 신문을 받아들었다. 한희재가 말한 기사가 뭔지는 굳이 묻지 않아도 알 수 있었다. 신문을 펼치자마자 가장 크게 보이는 제목.

G 제약회사와 K 저축은행, 결혼으로 인연을 맺다.

서둘러 기사를 읽어내려가는 시현의 눈동자가 흔들렸다.

얼마 전 파스텔의 주선으로 만나게 된 G 제약회사의 차남 최찬영과 K 저축은행의 외동딸 김희영이 오는 5월 말에 결혼하게 되었다는 내용의 기사였다. 두 사람은 첫 만남 이후 좋은 감정을 가지고 교제를 했고, 취미와 성격이 잘 맞아서 결혼을 서두르게 되었다고 적혀 있었다. 양가 부모님은 두 사람의 결혼을 흔쾌히 허락했고, 결혼식은 어느어느 호텔에서 성대하게 치러진다고 했다.

믿을 수 없어서 다른 신문도 가져다가 읽는 시현에게 한희재가 말했다.

"시현 씨, 아무래도 김희영한테 뒤통수를 맞은 것 같아요. 김희영 입장에선 교육자 집안보다는 제약회사가 더 끌렸겠죠."

"아니에요, 그럴 리가……."

그럴 리 없다고 시현은 생각했다.

김희영과 정여훈의 분위기는 부러울 정도로 좋았다. 김희영은 가끔 늦은 밤에 전화를 걸어 정여훈과 무슨 일이 있었는지에 대해 행복한 듯 떠들어댔다. 한 톤 높아진 목소리로 재잘재잘 떠드는 김희영의 목소리에 행복이 가득 담겨 있어서, 시현도 그 행복을 전해 받는 기분을 느꼈었다.

"이쪽 일 하다 보면 이런 일도 많이 생겨요. 우선 정여훈이 이 사실을 알고 있었다면 다행이지만, 전혀 모르고 있었다면 기분을 풀어 줄 방법을 생각해야 해요. 이런 시점에서 다른 고객을 소개시켜 주는 걸로 풀려고 하면 최악이니까 다른 방법이 뭐 없는지 한번 의논해봅시다. 오늘 저녁에 미팅을 갖는 게 좋을 것 같네요."

"네, 과장님."

한희재는 오후 4시에 사원 회의가 있을 거라고 말한 후 사무실에서 나갔다. 시현은 한희재가 놓고 간 신문을 전부 훑어봤다. 하나같이 유명 신문사였고 대부분 1면에 기사가 실려 있었다.

'G 제약회사가 이렇게 대단한 기업이었나?'

다섯 손가락 안에 들어가는 대기업 자녀의 결혼 소식도 신문 1면에 실리는 걸 본 적이 없었다. 결혼 상대가 유명 연예인이라면 이슈가 되지만 최찬영도, 김희영도 사람들이 결혼 여부를 궁금해할 만한 유명인사는 아니었다.

'이게 사실이면 어떡하지?'

첫인상은 약간 오만한 느낌이었지만 어느 정도 마음을 열고 나서부터는 선량하고 순박한 모습을 보이던 정여훈의 얼굴이 떠올랐다. 시현의 펜팔 기획에 난감해하면서도 따라와 준 정여훈을 어떤 얼굴로 봐야 할지 알 수 없었다.

기분을 풀어 주라고 하는데, 도저히 방법이 생각나지 않았다. 그냥 모르는 척하고 도망치고 싶지만 정말로 도망칠 수는 없는 노릇이다.

'일단 만날 약속을 잡아야겠지?'

화가 난 고객을 직접 만나 상대하는 건 어려운 일이지만 그래도 그게 맞는 거란 생각이 들었다. 사람과 사람 사이에서 벌어진 문제니까 전화 통화만으로 해결할 수는 없다.

일단 정여훈의 이야기를 들어봐야겠다는 생각에 수화기를 들려고 하는데, 기다렸다는 듯 전화벨이 울렸다. 시현은 총 맞은 사람처럼 소스라치게 놀라며 전화를 받았다.

[정말 아니야, 시현 씨!]

상대는 희영이었다.

[시현 씨. 신문 기사, 그거 다 거짓말이야. 정말 아니야! 정말로!]

희영이 새된 목소리로 외쳤다. 수화기 밖으로 울릴 만큼 높은 목소리를 들으며 시현은 안도의 한숨을 내쉬었다. 희영이 먼저 전화를 걸어 다급한 목소리로 변명을 한다는 건 좋은 징조였다.

희영은 시현의 대답도 듣지 않고 계속해서 말했다. 목소리가 너무 높고 두서가 없었지만 대충 말하려고 하는 바는 알 수 있었다.

"그럼 언니는 정말로 모르셨던 거죠? 최찬영을 따로 만난 적도 없고요?"

[그렇다니까 그러네! 아, 진짜! 속을 뒤집어 까놓고 보여 주

고 싶을 정도야. 내가 그 여자관계 문란한 남자를 왜 만나니? 절대 안 만나지. 게다가 그 남자, 완전 제멋대로에 자기 얘기만 하는 남자라고! 아주 진상이야, 진상! 아무튼 그건 그렇고, 어떻게 해? 여훈 오빠도 이 기사 봤겠지?]

"아마 보셨겠죠?"

[어떡해! 아, 진짜 어떡해! 시현 씨, 시현 씨가 여훈 오빠한테 잘 좀 말해 줘. 응? 이거 정말 나는 모르는 일이라고.]

"그건 안 돼요, 언니."

시현은 다른 때와 달리 단호하게 거절했다.

[아, 왜! 고객 일이잖아! 이 정도 서비스는 해 줘야 하는 거 아냐?]

희영의 목소리가 짜증스럽게 변했다.

"이건 서비스로 어찌할 문제가 아니에요. 언니랑 정여훈 씨 사이는 업무적인 관계가 아니잖아요. 언니 상황은 이해하지만, 이건 언니가 직접 정여훈 씨에게 솔직하게 말씀드리고 풀어나가야 할 문제예요. 제가 중간에 끼어들면 오해만 더 깊어질 거예요."

[그, 그런 게 어디 있어! 나 진짜 말 못 하겠단 말이야. 오빠가 화내면 어떻게 해? 아, 전화로는 안 되겠다. 시현 씨, 나 씻

고 거기로 갈 테니까 기다리고 있어. 알겠지? 도망치면 안 돼!]

시현이 대답하기도 전, 희영이 전화를 끊어 버렸다. 시현이 거절할 것이 두려웠던 모양이다.

어차피 한 번은 만나야 할 테니 희영이 오는 건 괜찮았다. 하지만 아무것도 정리되지 않은 상태로 희영을 만날 수는 없었다.

시현은 신문을 들고 사무실에서 나왔다.

7

준성은 정후가 가지고 온 신문을 다 읽은 후, 별말 없이 신문을 테이블에 내려놨다. 그러더니 어마어마한 노동을 한 사람처럼 힘겹게 소파에 누웠다.

"시현 씨 안 도와주실 겁니까? 지금 되게 곤란한 상황에 빠졌을 텐데요."

정후가 걱정스럽게 말했다. 준성은 소파에 축 늘어져 눈을 감았다.

"이시현 씨 일이야."

"시현 씨 일이지만 로운의 일이기도 하죠."

"이 정도는 사원이 알아서 처리해야지."

"업무 중에도 시현 씨 불러서 사적으로 스킨쉽하시는 분이, 이런 때만 공적인 관계를 찾으시니 당황스럽습니다."

"자네, 훔쳐보고 있었어?"

"다 들립니다!"

"날 뺏긴 기분이 들어서 외로워?"

"전혀요! 사장님을 독차지한 시현 씨한테 고맙기도 하고, 그런 시현 씨가 불쌍하기도 하고 그러네요!"

"난 안 불쌍해?"

"사장님이 왜 불쌍합니까? 시현 씨를 가졌잖아요."

"응, 그래. 난 이시현 씨를 가졌지."

준성의 얼굴에 희미한 미소가 떠오르는 걸 보며 정후는 진저리를 쳤다. 하여간, 저 양반은 정말로 솔로들의 손에 맞아 죽을 게 분명하다.

똑똑.

노크 소리가 들리자마자 준성이 벌떡 일어나 앉았다. 누운 적 없다는 듯 사장의 모습으로 돌아간 준성이 미소 띤 얼굴로 말했다.

"들어와."

정후는 속으로 혀를 찼다.

저런 표정으로 들어오라고 하는 걸 보면 찾아온 사람이 시현이라는 걸 알고 있었다는 말이다. 주인 기다리는 개도 아니면서 시현의 발소리를 기가 막히게 알아채는 자신의 사장을 어떻게 받아들여야 좋을지 알 수 없었다.

아니나 다를까, 시현이 들어왔다. 시현의 손에는 신문이 들려 있었다.

굳은 표정으로 들어온 시현은 준성과 정후에게 인사를 한 후, 정후의 옆에 앉았다. 가지런히 무릎을 모으고 앉은 시현은 테이블 위에 있는 신문을 보고는 중얼거렸다.

"제가 따로 신문을 가지고 올 필요가 없었네요."

시현은 자신이 가지고 온 신문을 테이블에 내려놨다.

"이번 건에 대해 보고를 드려야 할 것 같고, 질문도 있어서 내려왔습니다."

정후는 시현이 준성에게 도움을 청하기 위해 왔다고 생각했다. 하지만 시현의 말투는 애인 겸 사장에게 도움을 청하러 온 게 아니라, 정말로 공적으로 찾아온 것처럼 딱딱했다.

시현은 우선 최찬영과 김희영의 관계, 김희영과 정여훈의 관계에 대해 설명하고, 김희영과 정여훈이 편지를 주고받은 끝에 실제로 만나 교제를 해 왔다는 부분까지 정리해 보고했다. 그리고 오늘 신문에 실린 기사에 대해 간단하게 설명한 후 말했다.

"기사 확인 직후, 김희영 씨에게 전화를 받았습니다. 김희영 씨의 말로는 기사에 대해 전혀 아는 것이 없으며, 결혼 진행은 K 저축은행의 김 회장님과 최찬영 사이에서 이루어진 것 같다고 했습니다."

"김 회장이랑 최찬영 사이에서?"

준성이 처음으로 입을 열었다.

"네. 김희영 씨가 기사를 읽은 건 김 회장님이 불러서 드디어 기사가 나왔다고 읽어 보라고 해서였다고 합니다. 이 기사가 뭐냐고 물었더니, 최찬영이 김 회장님을 직접 방문해 김희영 씨와 좋은 관계를 갖고 있고 프러포즈를 했으며 몰래 결혼 진행을 해서 깜짝 놀라게 해 주고 싶다고, 결혼 허락을 해달라고 말했다고 합니다. 그래서 김 회장님은 기사가 뜰 때까지 그 모든 걸 비밀로 하고 있었고요."

"음…… 김희영의 말이 거짓일 확률은?"

"제가 봤을 때는 제로입니다."

준성의 눈빛이 날카로워졌다. 준성은 등을 뒤로 기대고 팔짱을 끼며 말했다.

"나는 사원들이 회원과 개인적으로 친분을 갖는 걸 지향하지 않아. 회원과 사적인 사이가 되면 그때부터는 어떤 상황이 벌어졌을 때, 맹목적으로 회원을 믿어 주려는 경향이 있거든. 지금 자네가 그런 생각이 아니라는 걸 내가 어떻게 믿지?"

준성의 말투는 서늘하게 느껴질 만큼 차가웠다. 정후는 시현의 눈치를 살폈다. 하지만 시현은 이런 반응일 줄 알았다는 듯 담담히 말했다.

"아직은 믿어 주지 않으셔도 됩니다. 이 일이 사장님 선까지 올라가지 않도록 최선을 다해서 노력하겠습니다."

"만약 내 선까지 올라온다면?"

"그때는 감봉 처벌도 달게 받겠습니다."

"그래."

딱딱하게 대화를 주고받는 두 사람을 보며 정후는 생각했다.

'이 두 사람, 어제까지만 해도 좋다고 물고 빨고 하던 사람들 맞아?'

정후는 좌불안석이었다. 이러다가 시현이 준성에게 학을 뗄고 떠나버릴까 봐 걱정이 됐기 때문이다. 하지만 시현도, 준성도 불안해하는 정후를 신경 써 주지 않았다.

"그럼 좀 여쭙고 싶은 게 있는데, 괜찮을까요?"

"뭔데?"

"G 제약회사에 대해서 여쭙고 싶습니다."

"그런 건 김 비서한테 물어봐. 그만 나가 봐."

준성이 무 자르듯 시현을 잘라냈다. 정후는 심장이 덜컥 내려앉는 기분이었다.

'이 양반아, 그러다가 시현 씨한테 차인다고!'

하지만 시현은 서운한 기색 없이 일어났다.

"네, 사장님. 한 번 더 기회를 주셔서 감사합니다."

"아, 시현 씨. 잠시만 비서실에서 기다리세요."

"네."

시현이 나간 후, 정후는 준성에게 책망하는 시선을 던졌다. 다시 드러누운 준성이 왜 그러냐는 듯 정후를 쳐다봤다. 정후는 비서실에서 기다리는 시현을 의식해 준성에게 바짝 다가가 쭈그리고 앉았다.

"사장님, 그러다가 시현 씨한테 차이면 어쩌려고 그래요?"

"그럼 울어야지."

이 대책 없는 양반.

"그때 가서 후회하고 울어도 안 받아줄 겁니다."

"그거 서운한데?"

"농담 아니에요. 이럴 때 도와줘야 멋있죠."

"괜찮아. 이럴 때 안 도와줘야 이시현 씨가 멋있어지거든."

뭐라는 건지.

정후는 한숨을 쉬며 비서실로 나왔다. 시현이 작은 의자에 앉아 정후가 나오기를 기다리고 있었다.

"시현 씨, 사장님 태도를 너무 기분 나쁘게 생각하지 마세요. 원래 좀 이상한 분이라서……."

"괜찮아요, 비서님. 기분 나쁘지 않은데요. 오히려 사장님한테 고마워하고 있어요. 절 믿어 주시니까 제가 처리하도록 맡겨 주시는 거잖아요."

아, 그런 식으로 생각할 수도 있구나.

정후는 시현을 빤히 쳐다봤다. 시현은 남의 행동에 대해서만큼은 늘 좋은 쪽으로 해석하는 능력이 있었다. 그건 시현의 장점이기도 하고 단점이기도 했다. 저렇게 남을 곧이곧대로 믿다가 배신이라도 당하면 타격이 클 것이다.

"G 제약회사에 대해 묻고 싶다고 하셨죠?"

"네, 비서님. G 제약회사뿐 아니라, 제가 대기업에 대해 잘 몰라서요. G 제약회사가 신문사를 매수해서 거짓으로 기사를 싣게 할 수 있을까요?"

정후는 시현이 뭘 묻고 싶은 건지 깨달았다.

"이번 경우에 그건 아닐 겁니다. 물론 대기업이 자신의 이익을 위해 신문사의 고위층을 매수해 어느 한 쪽의 입장만을 대변하는, 그런 편파적 기사를 내보내는 일이 종종 있긴 합니다. 하지만 그거야 경제 문제라든지, 정치적 문제와 같은 큰 이슈에나 해당되는 경우지, 결혼 기사 같은 걸 거짓으로 보도해 신문사 이미지를 망칠 이유가 없죠. 게다가 한 신문사가 아니라 여러 신문사에 이런 기사가 실렸으니 적어도 각 신문사 측에선 G 제약회사와 K 저축은행의 결합을 믿고 있다는 말이 됩니다."

"그렇군요. 그럼…… 둘째 아들의 결혼식이 신문 일 면에 실릴 만큼 G 제약회사가 대단한가요?"

정후는 시현이 의외로 예리하다는 것에 놀랐다.

"글쎄요. 제가 생각하기엔…… 해성 그룹의 장남인 명성 형님이 결혼을 한다고 해도 일 면에 실리지는 않을 것 같습니다. 아마도 이 기사가 일 면에 난 건 어느 정도 뒷얘기가 오고 갔을 것 같네요."

"신문사가 만족할 만큼의 대가를 치렀을 거라는 말씀이시군요."

"백 퍼센트는 아니지만, 그럴 가능성이 높습니다."

"네, 알겠습니다. 감사합니다."

"시현 씨."

정후가 나가려는 시현을 불러 세웠다. 시현이 돌아봤다.

정후는 어째서인지 시현이 부서질 것 같다는 느낌을 받았다.

이건 아마도 지난번 명성과의 대화 때문일 것이다. 명성은 시현에게 무언가 있다는 듯한 뉘앙스를 풍겼고, 그날 이후 정후는 막연하지만 자신이 생각하는 것보다 시현이 더 약한 여자일지도 모른다는 생각을 하고 있었다. 어쩌면 그 약한 부분 때문에 시현이 쉽게 도움을 청하지 않는 사람이 된 건지도 모르겠다.

"왜 그러세요?"

자신을 빤히 쳐다보는 정후에게 시현이 이상하다는 듯 물었다.

"이제 뭘 하실 생각이십니까?"

"저는 이 기사가 잘못된 기사라고 믿으니까요. 지금 제가 할 수 있는 일을 해볼 생각입니다."

"만약 도움이 필요하면 언제든 말씀하세요."

정후의 걱정 서린 음성에 시현이 해사한 미소를 지었다.

"네, 감사합니다."

8

시현은 팔꿈치를 책상에 올려놓고 손바닥에 턱을 괴었다. 시현의 눈은 책상 위에 놓인 신문을 향해 있었다.

"최찬영······."

한 번도 본 적 없는 남자가 무슨 생각으로 이런 짓을 벌였는지 알아내야 했다. 이상하게도 이 기사 뒤에 윤예나가 있을 거란 생각이 들었지만, 일단은 보이는 것만 두고 생각해 보기로 했다.

시현은 이 일과 아무 관계 없을뿐더러, 그날 이후 최찬영과 만난 적도 없다는 희영의 말을 믿었다.

'최찬영이 망상증 환자일 가능성은······ 별로 없겠지? 그런 거라면 김 회장한테 굳이 결혼 진행에 대해 함구해달라고 부탁하진 않았을 테니까. 이건 계획을 했다는 건데…… 하지만 왜 이런 계획을 세운 거지? 만약 최찬영이 화가 났다고 해도 화를 낼 상대는 희영 언니가 아니라 민희야. 갑자기 나타나서 훼방을 놓은 건 민희니까.'

하지만 최찬영이 민희의 존재를 알아내지 못했을 가능성도 있다.

'그럼 더 이상하지. 아무리 생각해도 희영 언니 잘못은 없는데. 혹시…… 희영 언니가 자기를 차고 딴 남자를 만나서 자존심이 상한 건가? 그럴 수야 있지만…… 이런 짓을 해서 무슨 도움이 된다는 거야? 나중에 결혼하지 않는다고 발표하면 오히려 더 창피해질 텐데.'

아무리 생각해도 찬영의 생각을 알아낼 수가 없었다. 최찬영이라는 단서 하나만으로는 이 일을 설명하기에 부족했다. 그래서 시현은 윤예나의 존재를 여기에 넣어 보기로 했다.

'만약 윤예나가 끼어들었다고 쳐보자. 윤예나는 민희를 만나 본 적이 있으니까, 최찬영이 말하는 인상착의를 듣고 훼방 놓은 상대가 민희라는 걸 알아냈을지도 몰라. 그럼 그걸 알게 됐을 때 윤예나는 민희한테 화가 났겠지? 아니야, 오히려 내가 시켰다고 생각해서 나한테 화가 났을 거야. 똑똑한 여자라고 했으니까 그 상황을 이용할 방법을 찾아냈겠지. 아냐, 그래도 이상해. 이런 식으로 기사를 낸 게 대체 무슨 득이 있다는 거지? 설마…….'

불길한 예감이 스쳤다.

'결혼이 깨진 걸 전부 내 탓으로 돌리려는 건가? 아냐, 난 그렇게까지 힘이 없어. 그럼 희영 언니 탓으로 돌리려는 건가?'

가능성이 있었다. 여자 쪽의 문제로 이별했다고 하면 희영에 대한 안 좋은 소문들이 돌게 될 것이다. 그 소문들이 어떤 종류일지는 안 봐도 뻔했다. 그런 소문들이 돈다면 희영이 큰 타격을 받게 될 것이다.

'하지만 그래 봐야 희영 언니만 타격을 입을 뿐이야. 나까지 끌어들이기는 힘들 텐데.'

시현은 좀처럼 윤예나의 생각을 따라잡을 수가 없었다. 윤예나가 정말로 이 일에 관계되어 있는 건지도 미지수였지만.

손가락으로 머리카락 끝을 잡아 뜯으며 고민하고 있을 때, 희영에게 전화가 걸려왔다. 회사 앞에 도착했는데 어디로 가면 되느냐는 전화였다. 시현은 23층에 있는 바에서 만나자고 한 후, 경비실에 손님이 올 거라고 알렸다.

시현이 바에 먼저 가서 기다렸고 곧 희영이 도착했다. 시현을 발견하고 걸어오는 희영은 금방이라도 울 것 같은 표정이었다.

"나 어떡해, 시현 씨. 정말 어떡하지? 응?"

"언니, 일단 진정하세요."

"아, 이런 상황에서 어떻게 진정해? 아빠도 나 몰라라 하고! 아빠는 그냥 최찬영이랑 결혼하라고 그러잖아. 나 미치겠어, 진짜."

"언니, 일단 시원한 거 한 잔 마셔요. 응?"

"지금 뭐가 넘어가겠어?"

"언니, 제발요. 네?"

시현은 미소 띤 얼굴로 메뉴판을 건네며 한 손으로 희영의 손등을 살짝 눌렀다. 희영은 어쩔 수 없다는 듯 메뉴판을 받아 들고 대충 하나를 골랐다.

칵테일이 나오기를 기다리는 동안, 희영은 어떡하냐, 아빠는 자꾸 이대로 진행하라고만 한다, 엄마도 아빠 편이다, 라고 중얼거렸다. 생각지 못한 상황에 넋이 나간 듯했다.

새빨간 칵테일이 나오자 시현은 억지로 그걸 희영의 손에 쥐어 주었다. 희영은 내키지 않는 듯 칵테일을 홀짝거렸지만,

그러는 동안 조금 진정이 됐는지 들어올 때보다는 차분하게 행동했다.

"나 정말 어떻게 해? 시현 씨는 이 일에 대해서 아는 거 없어?"

"저도 오늘에야 기사를 봤어요. 그런데 언니, 정여훈 씨한테 연락은 하셨죠?"

"……."

희영이 대답하지 않고 입을 다물었다. 어찌나 꽉 다물었는지 입술이 하얗게 변할 정도였다.

"언니, 정여훈 씨 좋아한다고 하셨잖아요."

"그래, 좋아해. 좋아하는데…… 아, 정말…… 여훈 오빠가 안 믿어주면 어떡해? 기사가 난 거잖아, 기사가. 오면서 보니까 인터넷 기사로도 떴어. 누가 날 믿겠어?"

"정여훈 씨가 믿겠죠."

"믿어 주겠어? 자기라면 믿어 주겠어?"

"네, 믿어 주겠어요."

"아, 그래. 그건 시현 씨니까 그렇지. 자기는 원래 사람 잘 믿잖아."

"아무나가 아니라 좋아하는 사람을 잘 믿는 거예요, 언니.

정여훈 씨도 언니 좋아하잖아요. 아니에요?"

"모르겠어. 내가 생각하는 것만큼 날 좋아하는 게 아니었을 지도 모르지."

"정여훈 씨가 언니한테 좋아한다고 말한 적 없어요?"

희영이 얼굴을 붉혔다.

"이, 있어. 있는데…… 그래도……."

"그것 봐요, 언니. 말을 해도 미심쩍은 순간이 있잖아요. 언니가 이 일에 대해 말하지 않고 그냥 있으면, 정여훈 씨도 언니처럼 생각하겠죠. 언니가 자기를 생각보다 안 좋아했는지도 모른다고."

"……."

"제가 정여훈 씨한테 언니 대신 얘기하는 건 어려운 일이 아니에요. 하지만 언니가 정여훈 씨 입장이라면, 다른 누구를 시켜 말하는 게 아니라 직접 찾아와서 솔직하게 털어놓고 말해 주기를 바라지 않겠어요?"

"안 믿어 주면 어떻게 해?"

"그럼 믿어 줄 때까지 말해야죠."

"그건 자존심 상하잖아."

"지금 자존심 챙길 때예요?"

"야, 너 지금 나한테……."

"언니, 화낼 상대는 제가 아니에요. 그 기사가 나오게 한 누군가죠. 그리고 정여훈 씨랑 언니 사이에서 문제가 생긴 쪽은 언니예요. 그럼 언니는 자존심 챙길 틈 없어요. 일단 정여훈 씨 오해를 푸는 게 먼저예요. 자존심 상한 것에 대해 칭얼거리는 건 오해가 다 풀린 다음에 할 일이고요."

시현의 어조가 전에 없이 강해지자 희영은 찔끔해서 입을 다물었다. 시현은 희영을 곧게 응시하며 손으로는 입구를 가리켰다.

"가세요, 언니. 지금 언니가 같이 있을 사람은 제가 아니에요."

9

희영은 쫓겨나듯 로운에서 나왔다. 시현의 행동에 불쾌감을 느낄 여유도 없었다. 그보다는 여훈이 어떻게 나올지가 걱정이었다.

여훈과 오랫동안 만난 건 아니지만 편지를 주고받은 기간이 있어서인지 추억을 아주 많이 공유하고 있는 느낌이 있었다. 그래서 더 편했고 더 설렜다. 함께 있으면 시간이 가는 줄도 모를 만큼.

그랬기에 여훈과 헤어지는 게 무서웠다. 희영을 보는 여훈의 눈동자에서 애정이 사라지는 게 두려웠다.

몇 번이나 휴대폰을 들었다가 내려놓기를 반복했지만, 결국은 여훈에게 전화를 걸었다. 신호음이 이어지는 그 시간이 영원처럼 느껴졌다. 여훈이 전화를 받았으면 좋겠다는 생각과 받지 않았으면 좋겠다는 생각이 공존했다.

여훈은 전화를 받았다.

만나자는 말에 여훈은 알겠다고 했다. 회사 근처로 가겠다고 하자 여훈은 희영이 있는 쪽으로 오겠다고 했다. 희영은 여훈이 자신을 인생에서 밀어내려고 한다는 느낌을 지울 수가 없었다. 그래서 회사 근처로도 오지 말라고 한 거겠지.

만나기로 한 커피숍에서 테이블보를 잡아 뜯으며 여훈을 기다렸다. 여훈은 30분도 되지 않아 도착했다.

여훈의 표정은 어두웠고, 희영을 똑바로 쳐다보지도 않았다. 희영은 심장이 옥죄는 느낌을 받았다.

이 사태에 대해 차분하게 설명하려고 했지만, 여훈의 차가운 모습에 긴장을 해서 목소리가 떨렸고 말이 꼬였다. 말을 끝냈을 때는 몇 가지 빼놓은 사실도 있는 것 같고, 어느 부분은 너무 과장한 것 같아서 시간을 되돌릴 수만 있다면 다시 설명을 하고 싶었다.

여훈은 미간을 좁힌 채 앞에 놓인 커피잔을 노려보고 있었다. 희영은 잠깐이라도 여훈이 자신을 봐주기를 바랐다. 눈이 마주치면 지금 얼마나 간절한지, 또 괴로운지 알아줄 테니까. 그러나 여훈은 희영의 바람을 들어주지 않았다. 마치 커피잔이 원수라도 되는 듯 노려보는 여훈의 모습이 희영의 심장을 갈기갈기 찢었다.

"오빠…… 내 얘기, 다 정말이야. 나 정말로…… 그 남자 두 번 다시는 안 만났어. 정말이야."

희영은 울고 싶었다. 하지만 울면 여자의 무기를 사용하는 거라고 오해를 받을 것 같아서 치미는 눈물을 꿀꺽꿀꺽 삼켰다.

"나오기 전에 전화가 걸려왔어."

드디어 여훈이 입을 열었다. 여훈의 목소리는 잔뜩 쉬어 있었다.

"차준성 사장님한테."

"아……."

"나한테 정여훈 고객님, 이라고 하더라. 그 사람 입에서 고객님이라는 말이 나오다니…… 소름이 끼쳤어."

"……으응."

"기사 봤냐고 물어보기에 봤다고 했더니 기분이 어떠냐고 묻더라. 놀림을 받는 기분인데 그 차준성이니 화를 낼 수도 없고…… 그래서 좋을 리 있겠냐고, 나랑 잘 만나는 줄 알았던 상대가 알고 보니 딴 남자랑 결혼한다는데 당신 같으면 기분 좋겠냐고 했거든."

"응……."

"그랬더니 소개시켜드린 회원 사이에 불미스러운 일이 생겼으니 로운에서 책임을 지겠다고, 걱정하지 말라고 하더라."

"오빠, 나는……."

"그러면서 끊기 전에 하는 말이……."

여훈이 희영의 변명을 막으며 고개를 들었다. 커피숍에 들어온 이후, 처음으로 두 사람의 시선이 겹쳤다.

"우리 이시현 사원은 기사가 잘못된 게 분명하다고, 김희영 고객을 철석같이 믿더라면서…… 어째 우리 이시현 사원이 김희영 고객 남자친구 같다고 그러더라. 그 말에 어찌나 창피해지는지……."

희영은 더 이상 눈물을 참을 수 없었다. 간신히 담아두고 있던 눈물이 볼을 타고 흘러내렸다.

"미안해."

맞은편에 있던 여훈이 희영의 옆자리로 옮겨 와 희영의 어깨를 조심스레 감쌌다.

"내가 남자친구인데 남자친구답지 못하게 행동했어. 미안해, 희영아."

10

대영이 신문을 들고 집에 들어갔을 때, 예나는 가정부가 타다 준 홍차를 마시는 중이었다. 대영은 테이블에 신문을 집어 던질까 하다가 뜨거운 홍차가 예나 위로 엎질러질지도 모른다는 생각에 관두고 예나의 옆으로 다가갔다. 예나는 대영이 올 줄 알았다는 듯, 빙그레 미소를 지으며 대영을 올려다봤다.

"자기, 이 시간에는 웬일이야? 내가 그렇게 보고 싶었어?"

"이 기사 뭐야?"

"기사? 무슨 기사?"

예나는 전혀 모르는 말을 들은 사람처럼 눈을 동그랗게 뜨고 대영의 손에서 신문을 받아들었다.

"어머, 이게 뭐지? 최찬영 씨 결혼하네?"

"모르는 척하지 마. 네가 한 짓이잖아."

"그게 무슨 소리야?"

예나의 커다란 눈이 동그래졌다. 정말로 모른다는 듯한 눈빛이었다. 순간 대영은 마음이 약해질 뻔했지만 금세 가다듬었다. 예나는 자신이 원할 때는 어떤 연기라도 할 수 있는 여자였다.

"이런 짓을 할 거면 나한테 언질이라도 줬어야지!"

"자기, 정말 왜 그래? 내가 무슨 짓을 했다고 그러는 거야?"

"몰라서 물어? 나도 우리 쪽 VIP 고객이 뭘 하고 사는지는 파악하고 있어! 김희영이 로운에서 소개시켜준 놈이랑 잘 만나고 있다는 것도 알고 있고! 그런데 갑자기 최찬영이랑 결혼을 해? 최찬영이랑 김희영, 그날 이후로 만난 적도 없는데?"

"어머, 자기. 말조심해."

예나가 일어나 대영을 마주보고 섰다.

"최찬영이랑 김희영이 아무도 모르게 따로 만났을지 누가 알아?"

"말했잖아, 나도 파스텔 회원 동향 정도는……."

"쉬잇."

예나가 손가락으로 대영의 입술을 막았다. 대영은 눈을 뜨고 예나를 노려봤다. 이 여자가 무슨 생각을 하고 있는 건지 대영은 감을 잡을 수가 없었다.

"그냥 있어, 자기. 응? 그냥 조용히 있어. 자기한테 나쁜 일은 아니니까."

대영은 예나의 손목을 잡아 떼어냈다.

"날 좀 우습게 보지 마, 윤예나. 파스텔의 사장은 나야. 내 회원들이 왜 이런 짓을 하는지는 나도 알아야 하지 않겠어?"

"꼭 알지 않아도 되는 일이 있는 거잖아. 사장이라고 해서 모든 걸 다 알아야 할 필요는 없으니까. 그냥 있으면 다 잘 돌아갈 거야. 그러니까 그냥 있어, 자기. 날 봐서라도."

"……."

예나는 생글생글 웃으며 안방으로 들어갔다.

대영은 닫힌 문을 노려봤다. 예나가 왜 나서서 움직이고 있는지 대영은 알고 있었다. 아마도 준성의 옆에 있는 시현을 질투하기 때문이겠지.

예나가 왜 대영에게 아무 말 하지 않는 건지도 대영은 알았다. 아마도 대영이 나서 봐야 준성의 보호 아래에 있는 시현을 어찌할 수 없다고 생각하는 거겠지.

대영이 예나에게 바라는 건 많지 않았다. 정말로 많지 않은데, 어떻게 보면 우스울 정도로 적은데 예나는 그걸 대영에게 주지 않았다. 대영은 두 손으로 머리를 움켜쥐고 소파에 주저앉았다. 대영의 입술 사이로 짐승이 신음하는 듯한 소리가 새어나왔다.

"제발…… 예나야. 나 좀 우습게 보지 마."

11

최찬영, 김희영 결혼 기사가 나간 후 일주일이 지났다. 모두 바짝 긴장해서 또 다른 기사가 나오기를 기다렸지만, 일주일 동안은 아무 일도 없었다.

특히 그 일에 온 신경을 집중하고 있던 시현은 일주일이 다 지나갈 때 즈음엔 팽팽해진 긴장의 끈이 끊어지기 직전이 되었다. 그동안 아무리 머리를 굴려도 최찬영이, 그리고 어쩌면 개입했을 윤예나가 궁극적으로 원하는 것이 뭔지를 알아낼 수 없었다. 누군가 잘못 건드리면 챙, 하고 깨질 것 같은 상태가 지속되고 있을 때, 준성이 시현을 사장실로 불렀다.

기사가 나간 그날 이후로 따로 부르는 건 처음이었다.

"파티 갈래?"

준성이 물었다.

"요새 파티 갈 기분이 아니라서요. 생각할 것도 많고. 아, 사장님. 저 액자는 좀 떼어 주시면 안 돼요? 안 그래도 심란한데 더 심란해져서."

"그럼 자네가 사장실에서 일하라니까."

"……그냥 계속 놔두세요."

돌아서서 나가려는 시현의 등에 준성의 목소리가 부딪쳤다.

"최찬영 총각 파티야."

시현이 걸음을 멈췄다.

"총각 파티 비슷한 거. 파트너 동반해도 된대."

"초대받으셨어요?"

"응."

시현이 다시 준성의 앞에 가서 섰다.

"최찬영 만나셨어요?"

"아니. 초대장이 왔어."

준성이 턱으로 테이블을 가리켰다. 테이블 위에는 연하늘색 카드가 놓여 있었다. 시현은 그 카드의 내용을 확인했다.

총각 파티에 초대합니다.
곧 행복한 5월의 신랑이 되는 최찬영입니다.
이제 얼마 남지 않은 총각 시절의 마지막을, 이제껏 많은 도움을 주신 분들과 함께 보내고 싶습니다.
오는 5월 X일 XX 호텔 연회장에서 성대한 파티를 열 예정입니다. 다양한 볼거리와 음식을 마련하였으니, 오서서 함께해 주시면 더할 나위 없는 영광이겠습니다.
파트너 동반, 부부 동반도 환영합니다.
곧 5월의 신랑이 될 최찬영 드림.

누가 봐도 곧 결혼할 행복한 신랑의 느낌이 물씬 풍겼다. 결혼 기사에 이어서 총각 파티까지 하다니.
'도대체 뭘 노리는 거지?'
시현의 눈매가 날카로워지는 걸 본 준성이 부드럽게 미소 지었다.
"갈 거야?"

"사장님과 사원으로서요?"

"아니. 남편과 아내로서."

"그게 뭐예요. 누구 혼삿길 막을 생각이세요?"

"응. 자네 혼삿길 막고 나한테만 오게 터놓을 거야."

"……."

"갈 거지?"

"가서 못된 짓 해도 돼요?"

"자네가 내키면."

"그럼 갈게요."

간다고 무슨 수가 생기는 건 아니겠지만 최찬영이 어떤 사람인지 직접 보고 싶었다.

시현은 김희영과 정여훈의 관계가 여전히 좋은 상태로 지속되고 있으며, 김 회장 측은 최찬영과의 결혼을 밀어주고 있다고 보고하고 사장실에서 나왔다.

들어올 때도 그랬지만 비서실은 비어 있었다. 그러고 보니 최근에 정후를 보기 힘들었다. 이번 사건 때문인지 정후는 바쁜 것 같았고, 시현은 자신이 벌인 일 때문에 다른 사람들에게 폐를 끼치는 것 같아서 미안한 마음이 들었다.

이야기 여섯.

Hello Wedding

1

　민희의 집은 일산에 있는 고급 주택가에 위치해 있었다. 넓은 마당에 작은 연못과 정원이 있는 친환경적인 2층 주택이었다. 연두색으로 인테리어한 집 안은 커다란 창문으로 보이는 정원과 잘 어우러져, 조용한 들판에 와 있는 느낌을 주었다.
　정후는 연녹색 소파에 앉아 거실에 흐르는 클래식의 은은한 선율을 들으며, '이 집은 정말 아가씨답지 않아.'라는 생각을 하고 있었다. 민희는 주방에서 흥얼거리며 차를 준비하는 중이었다. 좋은 잎으로 우려낸 홍차 향이 향긋했다.

"우유 넣어?"

"괜찮습니다."

"설탕은?"

"괜찮습니다."

"다 괜찮대."

민희는 기분이 좋아 보였다.

좀처럼 집으로 부르는 일이 없는 민희기에 정후는 슬슬 불안해지기 시작했다. 민희의 즐거워 보이는 모습도 정후의 불안을 부추기는 데 한몫했다. 민희가 즐거워할 때는 누군가를 괴롭힐 때다. 그 괴롭힘의 상대가 자신이 아니기를 바라며 정후는 차를 가지고 오는 민희를 물끄러미 쳐다봤다.

편해 보이는 갈색 홈웨어를 입은 민희는 밖에서 볼 때와는 이미지가 완전히 달랐다. 민희가 옅은 화장만으로도 이미지 변신이 가능하다는 걸 봐왔지만, 이렇게 다른 사람처럼 보이는 민희를 대할 때면 역시 신기하다.

"무슨 일로 부르셨습니까?"

"왜? 나는 김 비서 좀 부르면 안 돼?"

"차 사장님 뒤치다꺼리만으로도 골치가 아픕니다."

정후가 투덜거리며 홍차를 마셨다. 홍차는 향기만큼이나 맛도 좋았다.

"하여간 충성심 강한 건 알아줘야 돼. 명성이 오빠도, 큰아빠도 오빠한테 잘해 줬는데, 왜 하필이면 차 사장한테만 충성하는 거야?"

민희는 늘 그걸 궁금해했지만 정후는 그 이유에 대해 단 한 번도 대답해 준 적이 없었다. 정후는 말없이 미소를 지으며 그때의 일을 떠올렸다.

부모에게 버림받고 거리를 떠돌다가 차씨 집안에 들어가게 되었을 때, 버림받지 않기 위해 최선을 다했다. 차민수는 가족처럼 편히 지내라고 했지만 정후는 그 말을 믿지 않았다. 피도 안 통하는데 가족이라니.

정후는 고용인들과 똑같이 일을 했고, 그 외 시간엔 차씨 집안에 쓸모 있는 사람이 되기 위해 자기계발에 힘썼다. 다른 사람들은 그런 정후를 똑똑하다며 칭찬했지만, 무슨 생각을 하는지 도통 알 수 없는 준성은 정후가 일하거나 공부하는 곳마다 따라와서 뒹굴거렸다. 그러면서 꼭 하는 말이 '너도 와서 좀 누워.'였다.

물론 누운 적은 없었다. 하늘 같은 차민수 사장의 아들 옆에

눕다니. 그건 상상도 할 수 없는 일이었다. 그저 부잣집 도련님의 철모르는 장난이나 놀림 정도로만 생각하고 무시했다.

준성이 고등학생이 되고 나서 어느 날, 준성의 여자 친구인 예나가 집에 놀러온 적이 있다. 예나는 소파에 앉아 있었고, 준성은 예나의 다리를 베고 길게 누워 있었다. 두 사람을 위해 차를 내가던 정후의 귀에 예나의 목소리가 들려왔다.

"정후는 아무리 봐도 꿍꿍이가 있는 것 같아. 아버님이 뒤를 봐주고 있는데 굳이 저렇게 열심히 할 필요가 없잖아. 어쩌면 오빠랑 명성 오빠를 제거하고 해성 그룹을 가지려는 생각일지도 몰라. 오빠 그런 생각 안 들어?"

손가락 끝이 차게 식은 이유는, 이제 이 집에서도 쫓겨날지 모른다는 생각 때문이었다. 그저 쫓겨나지 않기 위해 노력을 한 것뿐인데 누군가에겐 그것이 해성 그룹을 손에 넣기 위한 노력으로 보이리라는 생각은 미처 하지 못했다.

이대로 들어가야 하는지, 아니면 돌아서야 하는지 고민하고 있을 때에 준성의 나른한 음성이 들려왔다.

"괜찮잖아, 내 동생인데. 이왕이면 가족이 해성을 물려받는 게 좋지. 용돈도 받을 수 있고."

그저 부잣집 도련님의 변덕이려니 치부해 버리면 그만일 말이었다. 하지만 이상하게도 가슴에 콱 박혀, 심장을 둘러싸고 있던 얼음을 깨뜨려 버렸다. 정후는 자신이 차를 가지고 들어갈 수 없는 상태라는 걸 깨닫고 돌아섰다. 눈물이 흐르고 있었다.

그날 저녁에 준성은 또 공부하는 정후의 옆에 와서 뒹굴거리다가 와서 누우라고 했고, 정후는 처음으로 펜을 내려놓고 준성의 옆에 가서 누웠다. 정후의 달라진 행동에도 준성은 놀라지 않고 고개를 돌려 정후를 쳐다봤다.

"편하지?"

정후는 또 눈물이 날 것 같았는데, 이번에는 눈물을 흘리는 대신 부드럽게 미소를 지으며 대답했다.

"네, 편하네요."

정후는 해성 그룹의 권력이라든가, 돈이라든가 그런 것에는 관심이 없었다. 그저 버림받고 싶지 않았을 뿐인데, 차준성이라는 사람은 어떤 일이 있어도 자신을 버리지 않을 거라고 확신했다. 아니, 애초에 준성이 자신을 '버릴 수 있는 대상'으로 생각하고 있지도 않다는 걸 알게 되었다.

"아무튼 이것 좀 봐봐."

민희의 음성에 상념에서 깨어났다. 민희가 서류 봉투를 하나 내밀고 있었다. 정후는 그것을 받아들고 안을 확인했다. 사진 몇 장이 나왔다.

중년 남성, 중년 여성, 그리고 20대로 보이는 청년을 찍은 사진이었다. 아직 민희의 설명을 듣지 않았지만 정후는 그 사진이 시현의 가족을 찍은 사진이라는 걸 알 수 있었다. 중년 여성의 눈매가 시현과 똑같았기 때문이다.

"시현 씨 가족사진이군요."

"그래. 그 여자, 시현이랑 똑같이 생겼지?"

"그러네요."

정후는 민희의 말투에 의아해하며 대답했다. 평소 민희가 과격한 말투를 사용하기는 하지만 지인의 어머니를 '그 여자'라고 칭할 만큼 무례하지는 않다.

정후는 사진을 꼼꼼히 살펴봤다.

중년 남자는 어디서나 볼 수 있는 평범한 남자였다. 보통의 체구에 보통의 외모. 입고 있는 양복이 꽤 고가의 제품인 걸로 봐서는 집안 살림이 나쁜 것 같지 않았다.

중년 여성은 시현과 닮았지만 분위기가 달랐다. 시현이 밝음이라면 중년 여성은 어둠에 서 있었다. 웃었던 적이 있을까 싶을 만큼 굳은 표정의 얼굴은 보는 것만으로도 숨이 턱 막혔다.

 마지막으로 꺼내 든 사진 속 20대의 청년은 시현의 동생이 맞나 싶을 정도로 생소한 느낌을 주었다. 자세히 보면 시현과 닮은 듯 보였지만 작은 체구에 어깨까지 움츠리고 있어서 더 왜소하게 느껴졌다.

 사진들을 살펴본 결과, 정후는 한 가지 결론을 내릴 수 있었다.

 이 가족은 행복한 가족이 아니다.

 정후는 시현이 어린 나이에 집을 나왔다는 이야기를 직접 듣진 않았지만, 그동안 대화 속에 담겨 있던 뉘앙스를 통해 대충은 짐작하고 있었다. 시현이 집을 나온 이유, 그리고 때때로 보이던 슬픔이 담긴 미소가 사진 안의 가족과 관계되어 있음을 알 수 있었다.

 정후는 민희의 설명을 기다렸지만 민희는 시현의 개인적인 사정에 대해 설명해 줄 생각이 없는 듯 용건만 말했다.

 "그 세 명이 시현이한테 접근하지 못하게 막아 줘. 뭐, 시현이 집까지 찾아간다면 어쩔 수 없지만, 적어도 회사에서는 만나는 일 없도록 주의해 줘."

 "이유는요?"

"이유가 필요해? 그냥 하라면 해. 시현이를 위한 거니까."

"이유가 필요합니다. 괜히 찾아오는 사람을 막았다가 회사에 문제라도 생기면 어쩝니까?"

정후는 물러서지 않았다. 고집스럽게 다문 정후의 입술을 물끄러미 응시하던 민희가 어쩔 수 없다는 듯 어깨를 으쓱했다.

"자세한 설명은 해 줄 수 없고…… 시현이가 어릴 적에 집을 나왔는데, 가족 간에 문제가 있었어. 물론 시현이 잘못은 없었고. 윤예나는 시현이가 왜 집을 나왔는지 조사를 할 거고, 그 과정에서 가족이 시현이의 약점이라는 걸 알아낼 거야. 아마 시현이 가족을 이용하려고 하겠지."

"시현 씨가 무슨 일 때문에 집을 떠난 건지는 모르겠지만, 그래도 가족인데 자기 딸을 감싸주려고 하지 않을까요?"

"글쎄. 그 부분에 대해서는 뭐라고 할 말이 없네."

민희의 입술에 비릿하게 떠오르는 조소를 보며 정후는 자신의 생각이 틀렸다는 걸 알았다.

'도대체 무슨 일이 있었기에…….'

민희는 다리를 꼬고 앉아 정후의 대답을 기다리고 있었다. 정후는 한숨을 쉬며 대답했다.

"알겠습니다. 경비실에 말해서 이 세 사람의 출입은 금지시키도록 하겠습니다."

2

시현의 머릿속에 민희의 마왕 같은 미소가 떠오른 이유는, '파티도 커플룩으로!'를 주장하는 준성 때문이었다. 시현은 파티까지 맨 인 블랙일 수는 없다고 반박했지만, 준성은 주인에게 거절당한 강아지 같은 눈으로 시현을 보며 물었다.

"자네는 내가 창피해?"

"창피해요. 아주 창피해요. 추리닝을 입고 가는 한이 있더라도 검은 정장은 절대로 안 입을 거예요."

시현은 단호했다.

"커플룩이 꼭 검은 정장일 필요는 없잖아."

준성은 커플룩을 포기할 생각이 없는 듯했다. 시현은 '커플룩'이라는 개념을 만든 이름 모를 누군가를 원망하며 준성의 커플룩 타령을 잠재울 방법을 고민하기 시작했다. 입술을 비쭉 내밀고 고민하는 시현이 귀여웠는지 준성이 시현의 입술에 쪽쪽 입을 맞췄다. 시현은 입술에 달라붙어 있는 준성을 치울 생각도 하지 않고 생각에 잠겨 있었는데, 입술만 대고 있던 준성이 좀 더 농밀한 키스를 해오기 직전 좋은 생각을 떠올렸다.

"좋아요, 사장님. 커플룩 입어요."

시현의 말에 준성의 표정이 밝아졌다. 준성의 해맑은 표정을 보며 시현은 씩 웃었다.

"단, 지난번에는 사장님한테 맞춰서 남성스러운 정장을 입었으니까, 이번에는 사장님이 드레스를 입어요. 사장님 한 번, 저 한 번. 이렇게 맞춰 줘야죠. 그런 게 연인 아니겠어요?"

이 정도면 커플룩을 입에 담지 않겠지.

······라는 건 시현의 지레짐작으로 그쳤다.

거부할 줄 알았던 준성이 부드럽게 미소 지으며 '그래, 그렇게 해.'라는 말도 안 되는 대답을 한 것이다!

"하자고요?"

자기가 제안한 주제에 시현은 언성을 높이고 말았다. 준성이 얄미울 정도로 여유롭게 고개를 끄덕였다.

"응, 자네 말이 맞아. 자네 한 번, 나 한 번. 그게 공평하지."

"······진심이세요?"

"난 거짓말 안 해."

"그야 그렇지만……."

"그럼 준비하러 갈까?"

심지어 준성은 어서 부티크로 가자며 시현을 닦달하기까지 했다. 시현은 자기 뜻대로 됐음에도 졌다는 느낌이 들었다.

정후가 예약을 해둬서인지 부티크의 직원들이 문 앞까지 나와 두 사람을 기다리고 있었다. 직원들은 준성의 연인인 시현을 신기하다는 듯 쳐다봤고, 개중 몇 명은 질투의 시선을 던지고 있었다.

"오랜만입니다, 차 사장님."

부티크의 사장으로 보이는 중년의 여자가 다가와 준성에게 아는 체를 했다. 준성은 가볍게 고개를 끄덕였다.

시현은 조금 안심했다.

'그래, 아는 사람도 있는데 드레스를 입겠다고 하지는 않을 거야.'

하지만 시현은 준성을 우습게 봤다.

"드레스를 좀 보겠습니다."

준성이 딱딱한 어조로 말했다. 직원들은 당연히 '시현의 드레스'를 보겠다는 말로 해석했고, 시현도 어느 정도는 그렇게 믿고 있었다. 하지만 이어지는 준성의 말은 그들의 기대를 산

산조각냈다.

"제 몸에 맞는 드레스가 있습니까?"

"사장님!"

"왜? 자네가 나도 드레스 입으라며?"

사태를 파악한 직원들이 기괴한 물건을 보듯 시현을 쳐다보며 수군거리기 시작했다. 시현은 외치고 싶었다.

그런 게 아니라고! 내 남자의 여장을 보는 취미는 없단 말이야!

"최근에 젊은 친구들을 보면 남자친구를 여장시키고 즐거워하는 분들이 꽤 있더라고요."

부티크 사장이 웃는 얼굴로 쐐기를 박았다. 시현은 한순간에 남자친구를 여장시키고 즐기는 여자가 되어 버렸다. 부티크 사장은 흥미롭다는 듯 호호 웃으며 몸소 드레스를 골랐다.

부티크 사장이 고른 드레스는 차이나풍의 와인색 드레스였다. 치마는 허벅지까지 길게 찢어져 있었다.

"여성분께도, 남성분……께도 잘 어울릴 것 같네요. 입어 보시겠어요?"

시현은 섹시한 느낌의 드레스를 한 번, 준성을 한 번 쳐다봤다. 시현의 눈에는 '입지 마요, 사장님. 입지 않겠다고 하세요.'

라는 간곡한 외침이 실려 있었지만, 준성은 시현에게 눈길도 주지 않았다.

"자네랑 잘 어울릴 것 같아."

"사장님이랑은 안 어울릴 것 같은데요."

"자네 눈에만 보기 좋으면 돼."

"아뇨, 그러니까…… 제 눈에도 별로……."

"우리 차 사장님은 워낙 인물이 좋으시니 여장도 잘 어울리실 것 같네요."

부티크 사장이 끼어들었다. 시현이 원망스럽게 쳐다봤지만 부티크 사장은 굉장히 즐거워 보였다. 다른 직원들도 준성이 드레스를 입은 걸 볼 수 있다는 생각에 즐거워하는 중이었다. 시현의 눈엔 그들이 하이에나처럼 보였다.

"자, 그럼 여성분은 이쪽으로. 차 사장님은 이쪽으로."

부티크 사장이 두 사람을 떼어 놓았다.

몇 명의 여직원과 함께 피팅룸으로 들어간 시현은 직원들이 자신의 옷을 벗기고 드레스로 갈아입히는 것도 인식하지 못했다. 시현의 머릿속은 준성의 드레스 입은 모습으로 꽉 채워져 있었다.

'그래, 사장님은 워낙 인물이 좋으니까 드레스도 나쁘지 않

긴 할 거야. 일단 입은 거 한 번 보고, 내가 졌다고 하고 정장으로 갈아입자. 그러면 되겠지.'

그렇게 생각하니 드레스 입은 준성의 모습이 은근히 기대되기까지 했다.

'엄청 예쁘겠지? 나보다 섹시할 것 같아. 지금보다 더 반해 버리면 어떡해.'

남자친구에게 여장을 시키는 여자들의 마음을 조금은 이해할 수 있을 것 같기도 했다.

시현이 먼저 준비를 끝냈다. 시현의 하얀 피부와 와인색은 아주 잘 어울렸고, 걸을 때마다 언뜻언뜻 내비치는 흰 허벅지가 섹시했다. 직원들이 능숙하게 시현의 긴 머리를 위로 올려 고정시키고, 몇 올만 떨어져 내리게 만들었다. 흘러내린 머리카락이 길고 가느다란 목을 타고 내려와 어깨를 간질였다.

화장까지 끝낸 시현은 간질거리는 어깨를 문지르며 밖으로 나갔다. 준성은 아직 나오지 않았다.

소파에 앉아 준성을 기다리는데, 정후에게서 전화가 걸려왔다.

[시현 씨, 사장님이 전화를 안 받으시는데…….]

"네, 지금 옷 갈아입는 중이세요."

[아직 부티크시군요. 파티장으로 모셔다 드려야 하니 거기로 가겠습니다. 제가 도착하기 전에 사장님 준비 끝내시면 조금만 기다려 주세요.]

"네."

전화를 끊었을 때 준성이 피팅룸에서 나왔다. 와인색 드레스를 입고 나오는 준성의 자태에 시현은 할 말을 잃었다.

예쁠 줄 알았다. 숨 막히도록 섹시하고 근사해서 다시 한 번 반하게 될 줄 알았다. 그런데 저 모습은……

상상과는 전혀 다른 모습이었다. 차이나 드레스를 입기엔 준성의 어깨가 너무 넓었다. 게다가 슈트를 입었을 때는 곱상해 보이던 얼굴이, 드레스를 입으니 너무 남성스럽고 강한 느낌을 풍겼다. 짙은 눈썹과 부리부리한 눈 때문에 드레스를 입은 준성은 그냥 여장을 좋아하는 변태로만 보였다.

시현은 잠시나마 가졌던 섹시한 여장남자에 대한 망상을 지우며 시선을 돌렸다. 성큼성큼 다가온 준성이 시현의 앞에 섰다.

"어때?"

"그, 그냥요……"

시현은 뭐라 할 말이 없어서 말끝을 흐렸다. 눈을 피하는 시

현이 마음에 안 들었는지 준성이 한 손으로 시현의 볼을 살짝 꼬집었다.

"왜 똑바로 안 보지?"

"누, 눈부셔서요."

"흐음."

말랑말랑한 볼을 꼬집는 느낌이 생각보다 좋았나 보다. 준성은 시현의 볼을 조물거리다가 허리를 굽혀 시현의 어깨에 턱을 괴었다.

"먹고 싶어."

귓가를 스치는 음성이 지독히도 자극적이었다. 뜨거운 입김과 나직한 음성의 조화를 견디기 힘들어 몸을 부르르 떠는 시현의 귀에, 이어져 들려오는 단어가 있었다.

"찹쌀떡."

"아니, 여기서 왜 찹쌀떡이 나와요?"

잠시 준성의 음성에 빠져들었던 시현이 정신을 차리고 준성의 가슴을 밀어냈다. 준성이 고개를 옆으로 기울였다.

"자네를 먹고 싶어 했으면 좋겠어?"

시현이 눈을 부릅떴다. 저 남자가 사람들도 많은 데서 무슨 소리를 하는 거야!

"하지만 난 고기를 싫어해."

"……네, 그러시겠죠."

"그럼 갈까?"

"잠깐만요, 사장님. 정말 그러고 가시게요?"

"안 될 거 없잖아."

"안 돼요!"

"왜 자네는 이랬다저랬다 해?"

"제가 잘못했어요. 다 제 생각이 짧은 탓이에요. 그러니까 우리 그냥 정장으로 입어요."

"아니, 자네는 지금 아주 근사해. 드레스가 좋겠는데."

"그럼 저는 드레스, 사장님은 정장 입으시면 되잖아요. 그놈의 커플룩 타령 좀 그만 하시고요."

"데이트에 커플룩은 기본이야."

"그건 민희가 장난친 거고요!"

답답한 마음 때문에 폭발할 지경이 되었을 때, 짤랑, 하는 맑은 종소리와 함께 정후가 등장했다. 연갈색 슈트를 입고 멋지게 등장한 정후는 시현을 발견하고 미소 지었다.

"시현 씨, 사장님은 어디……."

시현에게 다가오던 정후는 시현과 바짝 붙어 있는 '그것'을 보는 순간 움직임을 멈췄다. 놀라움으로 커졌던 눈이 다시 한 번 확인해 보겠다는 듯 가늘어졌다가 다시 커졌고, 끝내는 하염없이 흔들리기 시작했다. 시현은 저러다가 정후가 흩날려 사라지는 게 아닌지 걱정이 됐다.

'그것'으로부터 멀어지기 위해 주춤주춤 뒷걸음질을 치던 정후의 얼굴이 형편없이 일그러졌다.

"어떻게……."

정후의 입술이 달싹거리며 쉰 음성을 만들어 냈다.

"어떻게 저런……."

정후는 겁에 질린 눈으로 시현을 쳐다봤다.

"시현 씨, 우리 사장님…… 어떡합니까?"

"그, 그러게요."

"우리 사장님…… 미치려면 곱게 미쳐야 하는데…… 어쩌다 저렇게…… 곱지 않게…… 이런…… 이게 다 제가 모자라서…… 저렇게 되기 일보직전이라는 걸 알면서도 혼자 내버려 두는 바람에…… 이런, 이런……."

금방이라도 울음을 터뜨릴 것 같은 얼굴, 괴롭게 흘러나오는 음성. 시현은 죄책감을 느꼈다. 언제나 단정하던 정후는 곧 통곡이라도 할 것 같은 분위기였다.

참담함에 쓰러지기 직전인 정후를 물끄러미 응시하던 준성이 결국 백기를 들었다.

"옷 갈아입고 올게."

시현은 속으로 쾌재를 외쳤다. 드레스에 대한 반응이 좋지 않아서인지 힘없이 피팅룸으로 들어가는 준성의 뒷모습을 지켜보고 있는데, 어느새 옆으로 다가온 정후가 시현에게 간곡한 목소리로 말했다.

"시현 씨, 지금 당장 사장님을 떠난다고 해도 제가 말릴 수는 없겠지만…… 절 위해서라도 제발 사장님을 버리지 말아주세요."

"……."

3

준성의 드레스 사건 때문에 파티 입장이 조금 늦어졌다. 호사스러운 연회장 안엔 각계 인사들이 와 있었고, 이름이 알려진 개그맨이 사회를 보고 있었다. 준성과 시현이 들어갔을 때, 때마침 사회자가 재미있는 이야기라도 했는지 여기저기서 웃음소리가 들려왔다.

흰색과 검은색 정장을 입은 헬퍼가 다가와 두 사람을 자리로 안내했다. 중앙에 있는 좌석으로 향하며 시현은 빠르게 연회장 안을 둘러봤다. 가장 앞좌석, 그러니까 사회자가 서 있는 단상 바로 앞자리에 남자 한 명이 앉아 있었는데, 그 남자가 최찬영일 거라고 짐작했다.

최찬영은 나중에 거리에서 다시 만난다고 해도 알아보기 힘들 만큼 평범한 외모였다. 딱히 독해 보이거나 미치광이처럼 보이지도 않았기에 정말로 저 남자가 있지도 않은 사실을 꾸며낸 남자가 맞는지 의심스러웠다.

사회자가 곧 신랑이 될 최찬영을 단상 위로 올라오게 했다. 시현의 짐작대로 그 남자가 최찬영이 맞았다.

최찬영은 정말 즐거워 보였기에, 사정을 알고 있는 시현의 눈에도 최찬영이 사랑하는 사람과의 결혼을 앞둔 예비 신랑으로 보였다. 최찬영은 개그맨의 농담에 맞춰 주었고, 사람들은 또 웃었다. 하지만 시현은 웃을 기분이 아니었다.

최찬영이 아닌 시현을 바라보고 있던 준성이 검지를 뻗어 시현의 미간을 꾹 눌렀다. 최찬영을 노려보던 시현은 화들짝 놀라 준성을 쳐다봤다.

"여기 주름 생겨."

최찬영의 생각만큼이나 준성의 생각도 읽기 힘들었다. 준성은 지금 무슨 생각을 하고 있을까? 최찬영에 대해 알아볼 생각은 있는 걸까? 아니면 정말로 단순히 즐기기 위해 온 걸까?

'아니, 내가 알아볼 기회를 주기 위해서 오신 거겠지. 그게 아니라면 총각 파티 따위에 참석할 사람이 아니니까.'

시현은 준성의 기대를 무너뜨려선 안 된다고 생각하며 다시 최찬영의 행동에 주목했다.

마이크를 잡고 웃던 최찬영과 눈이 마주쳤다. 시현은 최찬영이 자신을 알아볼 거라고 생각했다. 표정이 굳어지거나, 아니면 눈을 부릅뜨거나. 아주 작은 표정의 변화라도 보일 줄 알았다. 하지만 그러지 않았다. 최찬영은 시현이 누군지도 모르는 것 같았다.

최찬영의 표정이 달라진 건 시현의 옆에 있는 준성에게 시선이 멈췄을 때였다. 준성의 얼굴을 확인한 최찬영은 눈을 크게 떴고, 조금 당황하는 모습을 보였지만 금방 원래의 표정으로 되돌아갔다. 아마 준성에게 초대장을 보내기는 했지만 준성이 진짜로 올 줄은 몰랐던 모양이다.

최찬영의 반응으로 최찬영이 시현의 얼굴을 모르고 있다는 건 알 수 있었지만 그 이상으로는 생각이 진행되지 않았다. 아무리 고민을 해도 최찬영의 의도를 알 수 없었다.

고민을 하던 시현은 찌르는 듯한 시선을 느끼고 뒤를 돌아봤다. 사람들 사이에 연아이보리색 드레스를 입은 여자가 허리를 세우고 앉아 있었다. 윤예나였다.

그녀는 시현과 눈이 마주쳤는데도 피할 생각을 하지 않았다. '이것 봐, 내가 널 지켜보고 있어.' 그렇게 말하려는 듯, 오히려 눈에 힘을 주고 시현을 응시했다.

파스텔의 주선으로 결혼을 하게 되었으니 윤예나와 성대영 부부가 초대를 받는 건 당연한 일이다. 그 당연한 것을 미리 생각하지 못했다.

'윤예나랑은 마주치기 싫었는데.'

적을 알고 나를 알아야 백전백승이라지만 윤예나에 대해서는 별로 알고 싶지 않았다. 이왕이면 서로를 알 일 없이 조용히 모든 게 끝나기를 바랐다.

그때, 최찬영이 돌발적인 행동을 했다.

"이야, 생각지도 못한 손님이 저를 축하해 주러 오셨네요. 로운 클럽의 차준성 사장님께서 직접 와 주실 줄은 몰랐는데요."

연회장 내에 잠깐 웅성거림이 일더니 사람들의 시선이 준성을 향했다. 시현은 무릎 위에 있던 손을 꽉 움켜쥐고 준성을 쳐다봤다. 갑작스러운 주목을 받으면서도 준성은 표정을 흐트러뜨리지 않았다. 고고한 한 마리의 학처럼 단정한 자세로 앉아 사람들의 시선을 받았다. 이 남자가 사실은 시선을 즐기는 게 아닌가 싶을 정도였다.

최찬영이 사회자에게 뭐라고 속닥거리자 사회자가 고개를 끄덕이더니 마이크에 대고 말했다.

"차 사장님을 소문으로만 들었었는데 이렇게 실제로 뵙게 될 줄은 몰랐습니다. 잠깐 올라와 주시겠습니까?"

시현은 준성이 일어나지 않기를 원했지만, 준성은 느릿하게 일어나 단상을 향해 걸어갔다. 사람들의 시선이 준성에게서 떨어지지 않았다. 그건 아마도 걸어가는 준성의 자태가 한 나라 왕의 그것처럼 우아하고 힘이 있어 보였기 때문이리라.

준성의 외모는 단상에서 더 빛을 발했다. 조각 같은 얼굴과 다비드상같이 완벽한 비율의 몸매. 단상 위에 쏟아지는 조명을 모조리 끌어온 듯 오롯이 빛나는 준성이 새삼 멋있어 보였다.

사회자는 준성에게 이런저런 것을 질문했고 준성은 의외로 대답을 잘했다. 시현은 준성이 '평범한 사람 코스프레'를 하는 중이라고 생각했다. 어느 회사의 대표처럼 평범한 질문을 받고, 또 평범하게 대답하는 준성의 모습이 신선해서, 시현은 잠시 윤예나의 존재를 잊었다.

"행복해요?"

바로 옆에서 잊을 수 없는 그 목소리가 들려온 후에야 시현은 정신을 차릴 수 있었다. 윤예나는 여전히 아름다웠다. 선량한 눈매와 보드라워 보이는 피부, 기품 있는 자세. 아무 부족함 없이 좋은 것만 보면서 살았을 것 같은 윤예나가 사실은 이상한 사람이라는 걸 믿기 힘들었다.

시현은 대답하지 않았다. 윤예나는 대답을 기대하진 않았는지 옅은 미소를 지었다.

"준성 씨 집은 아마도 이시현 씨 취향대로 꾸몄겠죠. 이시현 씨가 좋아하는 색깔의 쿠션, 이시현 씨 마음에 드는 머그컵, 이시현 씨가 사자고 한 이불. 어쩌면 두 사람이 신을 똑같은 실내화가 있을지도 모르겠네요. 아마 그것도 이시현 씨가 골랐겠죠."

윤예나는 눈에 훤히 보인다는 듯 말했다. 그리고 윤예나의 말은 사실이었다.

"영화를 보고 싶어 하는 쪽도, 저녁을 먹고 싶어 하는 쪽도 아마 이시현 씨일 거예요. 이시현 씨 취향의 영화, 이시현 씨 취향의 식사를 하겠죠. 난 준성 씨의 연애 방식을 아주 잘 알아요. 준성 씨는 나랑 연애할 때랑 똑같이 이시현 씨를 대할 거예요. 두 사람이 사귀는 중에 준성 씨가 먼저 뭔가를 하자고 한 적 있나요?"

"있어요. 커플룩을 간절히 원하시던데요."

아주 잠깐, 윤예나의 얼굴에서 미소가 사라졌다. 하지만 윤예나는 능숙하게 표정을 갈무리했다.

"그것 외에는?"

"보통은 제가 하자는 대로 하시죠. 그런 분이잖아요."

"그래요, 그런 사람이죠."

윤예나가 그럴 줄 알았다는 듯 고개를 끄덕였다.

시현은 윤예나에게서 시선을 떼고 준성을 바라봤다. 준성은 이쪽을 보고 있었지만 단상에서 내려오진 않았다. 연회장에는 최찬영의 결혼을 축하하는 준성의 목소리가 울려 퍼지고 있었다.

시현은 준성이 자신을 버려둔 게 아니라는 걸 알고 있었다. 시현과 윤예나가 함께 있는 걸 보면서도 도와주지 않는 것은,

시현이라면 충분히 혼자서 감당할 수 있다는 걸 준성이 알고 있기 때문이었다.

유일한 사람이다. 시현이 윤예나를 감당할 수 있다고 믿어주는 유일한 사람.

시현은 마음이 편해졌다.

그래, 난 윤예나를 감당할 수 있어.

"이시현 씨가 지금은 행복할지도 모르겠어요. 나도 준성 씨랑 처음에는 아주 좋았으니까요. 하지만 곧 힘들어질 거예요. 준성 씨는 남을 사랑할 수 없는 사람이거든요."

시현은 다시 고개를 돌려 윤예나를 쳐다봤다. 윤예나는 자신의 말이 먹혔다고 생각했는지 좀 더 강한 어조로 말했다.

"남을 사랑하지 않으니까 그 사람과 하고 싶은 일이 없는 거예요. 그러니까 그냥 하자는 대로 따라 하는 거고요. 뭐든 여자 쪽에서만 요구를 하는 그런 관계가 이시현 씨 눈에는 사랑으로 보여요?"

"네, 사랑으로 보여요."

"지금 이시현 씨 상태는 콩깍지가 씐 거랑은 다른 거겠죠. 이시현 씨 상황에서 준성 씨처럼 돈 많은 남자를 만날 수는 없으니까, 사랑을 받지 못하더라도 해성 그룹의 며느리는 되어 보겠다는 생각인가요?"

윤예나는 시현의 대답을 못 들은 척 제멋대로 말했다. 시현은 윤예나의 생각대로 휘둘러줄 생각이 없었다.

"아니요. 사장님이 저를 대하는 그게 사랑으로 보여서 해성그룹의 며느리가 되고 싶어졌어요."

"분수를 모르네요."

"모르는 건 윤예나 씨예요. 윤예나 씨는 사장님이 당신을 얼마나 사랑했는지 모르잖아요. 저는 알고 있는 그걸, 윤예나 씨는 모르시네요."

시현은 윤예나에게서 눈을 떼고 준성을 바라보며 말했다.

"사장님은요, 제 스타일로 꾸민 소파에 기대서 제 이야기를 들어줘요. 제가 몇 시간씩 얘기를 해도 하품을 하거나 지루해하지 않아요. 그냥 아주 즐겁다는 듯이 몇 시간이고 제 이야기를 들어주세요. 제 취향의 머그컵 두 개가 있어요. 사장님은 꼭 거기에 커피를 타다 주세요. 사장님 건 샷 세 개에 얼음 몇 조각, 제 건 뜨거운 우유를 약간. 우리는요, 똑같은 머그컵을 들고 같은 자리에 앉아 커피를 마시면서 시간을 보내요. 얘기를 할 때도 있고, 그냥 침묵을 지킬 때도 있어요. 사장님은 늘 제가 퇴근하기를 기다려 줘요. 몇 시에 끝나든 사장실로 내려가면 거기엔 사장님이 있어요. 다른 누구도 아닌, 오직 이시현만을 기다리는 사장님이요. 늘 제가 하고 싶은 걸 해요. 저녁을 먼저 먹을 때도 있고, 영화를 보러 갈 때도 있죠. 그냥 손잡고 걸을 때도 있어요. 윤예나 씨 말대로 제가 먼저 하자고 한 거지만 사장님은 늘 그 시간에 집중해요. 제가 사장님이 싫어하는 음식을 골라도 사장님은 맛있게 드시고요, 걷는 거 귀찮다고 하면서도 제가 질릴 때까지 함께 걸어요. 아마 윤예나 씨랑도 그랬겠죠. 그런데도 모르겠던가요? 그렇게 사랑을 하고 있는데도?"

윤예나가 차갑게 웃었다.

"그건 사랑이 아니에요. 그냥 귀찮아하는 것뿐이지. 이시현 씨 제안에 반박하는 게 귀찮으니까 따라주는 거죠. 아직도 준성 씨를 그렇게 모르겠어요?"

"알아요. 아니, 믿는다고 해야겠네요. 저는요, 사장님이 절 사랑하고 그래서 제가 뭘 하자고 하든 그걸 함께한다는 걸 알아요. 왜냐하면…… 저도 그럴 거니까요. 사장님을 사랑하니까 사장님이 하자고 하는 게 귀찮고 싫어도 결국은 그걸 할 거고, 그래서 사장님이 즐거워하는 걸 보면 저 역시도 행복할 테니까요."

말을 마친 시현이 고개를 돌려 윤예나와 똑바로 눈을 맞췄다.

"그게 사랑이잖아요."

윤예나의 얼굴에서 웃음기가 사라졌다. 윤예나는 굳은 얼굴로 시현을 노려보고 있었다. 시현은 섬뜩함을 느꼈다. 웃지 않는 예나는 더 이상 기품 있어 보이지 않았다. 선량해 보이던 커다란 눈은 여유가 아닌 광기로 채워져 있었다.

시현은 보이지 않는 손이 자신의 심장을 움켜쥐고 있는 느낌을 받았다. 날카로운 손톱이 달린 그 손은 예나로부터 뻗어 나온 것이었다. 그것은 언제든 시현의 심장을 터뜨릴 수 있다는 듯 손톱을 바짝 세우고 있었다. 민희가 전에 말했던, 돈이 있는 자의 광기가 어떤 건지 이제야 비로소 알 것 같았다.

시현은 마음을 진정시키려 애쓰며 물었다.

"어쨌든 윤예나 씨가 선택한 건 우리 사장님이 아니라 성대영 씨잖아요. 그런데 왜 이렇게······."

"내 남편 이름을 함부로 부르지 말아요."

윤예나가 차가운 목소리로 말했다. 그 목소리는 조금 컸기 때문에 주위에 있던 사람들이 이쪽을 쳐다봤다. 윤예나는 사람들의 시선을 의식해서인지 다시 미소 띤 얼굴로 돌아갔다.

"이시현 씨처럼 가진 거 없는 사람에겐 그 작은 달콤함이 사랑으로 보이겠지만, 사실 그건 사랑이 아니에요. 나는 온전히 가질 수 없는 건 차라리 버리는 게 낫다고 생각해요. 온전하지 않은 건, 결국 상처를 가져다줄 뿐이니까요."

"그럼 제가 사장님을 온전히 가졌다고 생각해서 저한테 이러시는 거예요?"

윤예나가 피식 웃었다. 비웃음이 담긴 미소였다.

"자신을 과신하고 있네요. 난 그저 내가 갖지 못한 그것에 다른 누군가의 손길이 닿는 게 싫은 것뿐이에요. 당신은 준성 씨를 온전히 가진 게 아니라, 그저 손가락 하나를 걸쳐놨을 뿐이에요. 그리고 난 그 손가락을 잘라 내려 하는 거고요."

"……."

"비밀을 하나 얘기해 줄까요?"

윤예나가 일어날 준비를 하며 말했다. 준성이 단상에서 내려오고 있었다.

"김희영 씨 통장을 확인해 봐요. 모르는 돈이 입금되어 있을 테니까."

"그게 무슨……?"

시현이 채 다 묻기도 전, 윤예나가 자리를 떴다. 지금껏 윤

예나가 앉아 있던 자리에 준성이 와서 앉았다. 준성은 시현에게 무슨 얘기를 했냐고 묻지 않았다.

시현은 흰색 식탁보를 노려봤다. 오늘의 저녁 식사가 식탁 위에 놓이기 시작했다. 좋은 향을 풍기는 다채로운 요리가 놓였지만 시현은 식욕이 생기지 않았다. 준성에 대한 이야기가 왜 희영으로 튀었는지 알 수 없었다. 하나 알 수 있는 건, 역시 이번 일에는 윤예나가 관계되어 있다는 것뿐이었다.

'모르는 돈······.'

불길한 예감이 들었다. 뭔가 잡힐 듯한데, 안개에 휩싸인 것처럼 또렷하지 않았다.

시현은 파티 중에 자리를 뜨는 것이 예의에 어긋나는 일인지 잠시 생각하다가 준성을 쳐다봤다. 준성은 시현의 마음을 읽은 것처럼 시현이 말을 꺼내지도 않았는데 자리에서 일어났다.

"그만 갈까?"

4

정후는 주차장에서 기다리고 있었다.

"일찍 나오셨네요."

"응. 어디로 갈까?"

"그걸 왜 저한테 물어보십니까?"

"자네한테 물어본 거 아냐. 이시현 씨한테 물어본 거지."

시현은 전화를 거느라 두 사람의 대화를 듣지 못했다. 자신을 쳐다보는 두 사람에게 시현이 '왜요?'라고 묻는 듯 눈을 크게 떴다. 시현의 그런 모습이 마냥 귀여운 준성이 시현의 이마에 입을 맞추려는데, 정후가 한 손으로 준성의 입을 막았다.

"제 앞에선 자제 좀 하시죠?"

"질투 나?"

"질투는 누가 질투를 합니까? 사장님 사랑을 받는 시현 씨가 너무 안쓰러워 보여서 그렇습니다."

시현은 휴대폰을 귀에 대고 어이없다는 눈으로 두 남자를 쳐다봤다.

"아, 민희야. 난데…… 지금 잠깐 만날 수 있어?"

시현이 전화를 건 상대는 민희였다. 민희는 흔쾌히 수락하며 자신의 집으로 오라고 했다. 정후가 집의 위치를 알 거라면서.

"비서님, 죄송한데……."

"민희 아가씨 댁으로 모셔다 드리면 되죠?"

정후가 마음 좋게 웃으며 말했다.

"네, 부탁드릴게요."

"타세요."

정후가 뒷문을 열어줬다.

"자네는 왜 나한테 하는 거랑 이시현 씨한테 하는 게 달라?"

준성이 문을 닫는 정후의 뒤통수에 대고 불퉁거렸다. 정후가 담담히 대답했다.

"시현 씨는 예쁘고, 사장님은 예쁘지 않으니까요."

"아. 그건 그렇지."

준성은 쉽게 납득하며 자기 손으로 문을 열고 차에 올랐다. 이미 좌석에 앉은 시현은 또 다른 곳에 전화를 걸고 있었.

차가 출발했고 시현이 전화를 건 상대가 전화를 받았다. 희영이었다. 희영은 정여훈을 만나고 있는 중이라고 했다.

"언니, 죄송한데 지금 당장 통장 확인 좀 해 주세요."

[통장?]

"네. 언니가 가지고 있는 통장, 전부 확인해 주세요."

[통장 확인은 갑자기 왜?]

"그럴 일이 있어서요. 혹시 언니도 모르고 있던 돈이 입금된 적 없는지 지금 빨리 확인하고 좀 알려 주시겠어요?"

[어, 응. 그렇게. 금방 확인하고 전화할게.]

신문 기사 사건 이후, 희영은 몰라볼 만큼 시현에게 부드러워졌다. 시현은 한숨을 쉬며 전화를 끊었다. 아까부터 눈앞을 가리고 있는 안개가 걷히질 않았다. 안갯속에 분명 뭔가가 존재하는데, 그걸 좀처럼 잡을 수 없다는 게 답답했다.

"시현 씨, 무슨 일 있으십니까?"

정후가 백미러로 시현을 쳐다보며 물었다.

"네, 아까…… 아니요, 일단 희영 언니한테 확인받고 나서 말씀드릴게요."

희영의 전화는 20분쯤 후에 걸려왔다.

[시현아, 이상해. 돈이 들어와 있어. 웬일이야…… 나 이거 진짜 몰랐어. 통장 정리를 해 본 적이 별로 없어서…… 아, 이거 어떻게 된 거지?]

희영의 목소리엔 당혹감이 서려 있었다.

"누가 입금시켰어요? 얼마 정도요?"

[아니, 그게…… 보낸 사람이…… 아, 정말 이상해. 나는…….]

[시현 씨, 정여훈입니다.]

잠깐 소란이 일더니 정여훈의 목소리가 들려왔다. 혼란스러워하는 희영 대신 여훈이 통화를 하기로 결정한 모양이었다.

"네, 여훈 씨. 금액이 얼마나 입금되어 있죠? 그리고 보낸 사람 이름은요?"

[일단 은행은 한 군데 은행으로 보냈고요, 희영이가 주 거래를 하는 은행은 아닙니다. 그리고 보낸 금액은 적게는 사백만 원에서 많게는 이천만 원이 넘는 금액이 입금이 됐네요.]

"한 번 입금된 게 아니에요?"

[네. 스무 건이 넘는데요.]

"언제부터요?"

[지난달부터 입금이 됐네요.]

"기사 뜬 다음부터인가요?"

[……아뇨, 기사 뜨기 전부터요. 그리고 보낸 사람 이름 말인데요. 이름이 한 명이 아니에요.]

시현은 손가락 끝이 차게 얼어붙는 기분을 느꼈다.

"전부 다른가요?"

[동일 인물이 두세 번 보내기도 했네요. 전부 남자 이름인 것 같고요.]

"제가 알만 한 사람 이름은…… 있나요?"

[네, 있습니다.]

시현은 그 이름이 누구의 이름인지 알 것 같았다.

[최찬영, 그 남자 이름도 있네요.]

안개가 걷혔다.

안갯속에 있던 것이 뭔지 또렷하게 보였다. 그것은 검고 끈적거리는, 아주 기분 나쁜 물체였다. '악의'라는 이름이 어울릴 것 같은 그 물체가 어느새 윤예나의 얼굴로 변해 키득키득 웃어대고 있었다.

시현은 휴대폰을 꽉 움켜쥐었다. 그러지 않으면 이성을 잃을 것 같았다.

"네, 여훈 씨. 일단 희영 언니 좀 진정시켜 주세요."

[무슨 일입니까? 이게 대체……?]

"저도 알아보겠습니다. 오늘 넘기기 전에 연락드릴게요."

[희영이, 괜찮은 겁니까?]

"제가 괜찮게 만들겠습니다."

전화를 끊었다. 정후와 준성이 걱정스럽다는 듯 시현을 쳐다보고 있었다. 시현은 백미러에 비친 자신의 표정이 굉장히 형편없다는 걸 깨달았지만 표정을 신경 쓸 겨를이 없었다.

"그러니까……."

시현의 목소리 역시 표정만큼이나 엉망이었다.
"윤예나가 무슨 짓을 하려는지 알 것 같아요."

5

민희는 혼자가 아니었다. 명성도 민희의 집에 있었다. 테이블 위엔 두 사람이 마시던 반쯤 남은 양주와 잔이 놓여 있었다. 민희와 명성, 정후가 소파에 앉았고, 시현과 준성은 그들의 맞은편에 앉았다.
"그렇게 입으니까 예쁘네, 이시현."
민희의 말에 시현이 어색하게 웃었다.
"고마워."
시현은 어디서부터 얘기를 꺼내야 좋을지 알 수 없었다. 자신이 안갯속에서 발견한 그것이 사실인지도 미심쩍었다. 어쩌면 너무 과대망상을 하고 있는 걸지도 모르겠다.
'하지만……'
시현은 아까 봤던 윤예나의 표정과 그녀의 말을 떠올렸다.

난 그 손가락을 잘라 내려 하는 거고요.

잔인한 말을 아무런 표정 변화 없이 하는 윤예나라면 시현이 생각하는 그것을 할 법도 했다.

"그런데 왜 보자고 한 거야? 차 사장이 짜증 나게 해?"

"아, 그건 내가 감당할 수 있어."

"내가 자네를 짜증 나게 했어?"

"지금 그게 중요한 게 아니잖아!"

자기가 먼저 말을 꺼낸 주제에 민희가 짜증스럽게 말했다. 준성은 익숙한 듯 고개를 끄덕이며 민희가 원하는 대로 입을 다물었다.

시현은 진주로 장식된 핸드백을 열었다. 그 안에는 파우치와 신용 카드, 그리고 소형 녹음기가 들어 있었다. 시현은 검은색 소형 녹음기를 꺼냈다.

다들 놀라서 시현을 쳐다봤다.

"최찬영이 뭔가 말실수를 할지도 모른다고 생각했어요. 어쩌면 그 주위 사람들이라도요. 그래서 녹음기를 준비하고 계속 켜놨었어요. 그런데…… 윤예나가 말해 줬어요. 이건 말실수가 아니에요."

"일단 파일 옮겨서 들어 보자. 노트북 가지고 올게."

민희가 말했다.

"응."

아무 생각 없이 녹음기를 넘겨 준 시현은 민희가 노트북에 파일을 다 옮길 때쯤에야 녹음된 것이 윤예나의 목소리만이 아니라는 걸 깨달았다.

"플레이한다?"

"안 돼!"

시현이 절규하듯 외쳤다.

시현이 준성에 대해 꿈꾸듯 말했던 그것을 다른 사람들이 듣게 할 수는 없었다. 지금 생각하면 손등에 닭살이 돋을 만큼 달착지근한 멘트였다. 어떻게 그런 말들을 할 생각이 들었는지 모르겠다.

자기가 녹음해놓고 이제 와서 듣지 말라는 시현을 모두 이상하다는 듯 쳐다봤다. 하지만 녹음된 자신의 이야기를 듣게 하느니 차라리 이상한 사람이 되는 게 나았다.

"아니, 그러니까…… 앞에 다른 것들이 녹음돼 있어서 소란스럽고 정리도 안 되어 있으니까…… 그냥 내가 요약해서 얘기할게."

"그 부분으로 넘기면 되지."

"아, 아냐. 뭘 귀찮게…… 내가 얘기할게."

"……그래라."

민희가 의아해하면서도 시현의 뜻에 따라주었다. 시현은 안도의 한숨을 내쉬었다.

"윤예나가 저랑 얘기를 하다가, 자리를 뜨기 전에 갑자기 김희영 씨 얘기를 꺼냈어요. 김희영 씨 통장을 확인해 보라고, 모르는 돈이 들어 있을 거라고."

"모르는 돈이요?"

명성이 물었다.

"네, 모르는 돈. 비밀이라면서 말해 주더라고요. 그래서 오는 길에 확인을 해봤더니 김희영 씨 통장으로 입금된 돈이 있대요. 지난달부터 입금이 되기 시작했는데 입금자는 대부분 남자고요, 금액은 천차만별이지만 적은 돈은 아니었어요."

"몇 억이나 되는데?"

"아니, 몇 억까진 아니고. 사백만 원에서 몇 천만 원 정도인 것 같아."

"흐응……."

시현은 민희가 그것을 '많은 돈'이라고 생각하지 않는다는 걸 깨달았지만 그 부분을 짚고 넘어가진 않았다.

"그리고 입금자 중에 최찬영 이름이 있었어요."

"최찬영이라······."

명성이 턱을 문질렀다. 시현은 말을 끊고 사람들이 그 의미에 대해 생각해 보기를 기다렸다. 다른 이들의 생각도 자신과 같은지 확인하고 싶었기 때문이다.

가장 먼저 입을 연 사람은 정후였다.

"이런 상황에서 최찬영이 갑자기 파혼을 선언하면 김희영 씨 이미지를 어떻게든 추락시킬 수 있겠군요."

시현의 생각과 비슷했다.

"약점을 잡힌 거라고는 생각하지 않을 거야. 약점 때문에 지불하기에는 너무 적은 돈이니까. 게다가 최찬영만이 아니라 다른 남자들도 입금을 했고······ 딱 그거네."

"꽃뱀."

민희의 말에 이어 명성이 강렬한 한 단어를 내뱉었다.

"역시······ 그런 거군요."

다른 사람들까지 같은 생각을 한다는 건, 그만큼 시현의 추측이 사실일 가능성이 높아졌다는 말이었다.

"아무래도 그렇게밖에 생각이 안 되지. 김희영은 예쁘장한 얼굴이긴 하지만 사실 그다지 기품 있어 보이는 타입은 아니야. 속된 말로 하자면 좀 싸 보이지. 지금까지 최찬영은 김희영에게 푹 빠진 것처럼 행동했어. 그런데 갑자기 최찬영이 파혼을 하겠다고 하고, 자기가 피해자인 척 나온다면…… 김희영은 끝이야."

"돈을 입금한 사람이 최찬영 하나뿐이 아니라는 것도 문제군요. 아마 다른 입금자들은 최찬영처럼 자신을 노출하지 않겠지만, 김희영이 오해를 뒤집어쓸 만큼은 연기를 할 겁니다. 필요에 따라서 노출을 할 수도 있고요."

"하지만 오빠…… 최찬영이야 김희영 씨에게 개인적인 원한이 있으니 대외적으로 이런 짓을 벌인다고 쳐도…… 다른 남자들은 거짓말을 하면서까지 이런 짓을 할 이유가 없지 않아요?"

시현의 순진한 말에 명성이 웃었다. 차마 설명해 주지 못하는 명성 대신 민희가 차갑게 말했다.

"최찬영도, 윤예나도 돈이 많아. 시현이 네가 상상하지도 못할 만큼. 그런데 어떤 사람들은 네가 상상할 수 있는 범위의 돈만 줘도 자기 영혼을 팔거든. 윤예나는 그런 사람들을 아주 많이 알고 있고."

시현은 고개를 숙였다.

민희가 윤예나를 상대하려는 시현을 우습게 본 이유를 알 것도 같았다. 윤예나와 이 앞의 사람들은 시현과 완전히 다른 세계에 살고 있었다. 시현으로서는 그 세계가 어떤 건지 상상조차 할 수 없었다.

"조만간 최찬영이 파혼 기사를 내겠군요. 우선은 이미지 때문에라도 모든 걸 밝히지는 않고 그냥 성격 차이 때문이라고만 낼 가능성이 높습니다."

"그렇겠지. 그리고 얼마 안 있어서 심경 고백을 하겠지. 아니면 그전에 다른 피해자들이 나설 수도 있는 거고."

"김 회장은 G 제약회사를 막아내기엔 힘이 부족하니…… 속수무책으로 당할 겁니다. 이런 상황에서 정여훈 씨가 김희영 씨를 두둔하고 나서도, 사람들 눈에는 또 다른 불쌍한 피해자로만 보이겠죠. 아직 눈을 뜨지 못한 어리석은 피해자."

"응. 김희영이 도망칠 구멍이 없어. 그리고 아마…… 윤예나는 통장 하나만 준비한 게 아닐 거야. 자기가 가진 걸 다 보여줬을 리가 없거든."

"문자 공개를 하겠군."

명성이 별일 아니라는 듯 말했다.

"김희영이 최찬영이나 다른 남자들에게 돈을 요구하는 문자

같은 거. 김희영 명의의 휴대폰을 만드는 건 윤예나한테는 어렵지 않은 일이니까."

"어쩔 거야, 차 사장?"

민희가 지금껏 아무 말도 없이 듣고만 있던 준성에게 물었다. 상관없는 이야기를 듣듯 다리를 꼬고 앉아 있던 준성이 답했다.

"이건 로운의 일이 아니야. 김희영 개인의 일이지."

시현과 업무적으로 이야기할 때의 서늘한 음성이었지만 민희에게는 안 통했다.

"놀고 앉아 있네. 오빠 전 여친이 벌이는 일이거든! 그럼 로운의 일이 아니라 오빠 일이 되는 거야!"

"말 잘했다, 차민희."

명성이 작게 박수를 쳐 줬다.

"도와줄까?"

준성이 시현을 돌아보며 물었다.

불나방처럼 위험도 모르고 달려들던 자신의 모습이 초라해 고개를 들 수 없었던 시현은, 귓가에 닿는 느릿하고 부드러운 음성에 고개를 들어 준성을 쳐다봤다. 준성의 검은 눈동자가 시현을 한가득 담고 있었다.

문득, 오래전 준성이 했던 말이 떠올랐다.

그 세계가 피곤하면, 내 세계로 건너와.

가슴에 콱 박히는 그 말을 하면서, 준성은 전부 품어줄 수 있다는 듯 시현을 향해 팔을 뻗었었다. 여전히 이 남자는, 그리고 이 앞에 있는 사람들은 시현과 다른 세계에 있었다. 하지만 시현은 자신의 세계에서 머뭇거리고 있을 수만은 없었다.

건너가야 했다.

저 세계가 두려워서 주춤거리면 다시는 저 세계로 건너가지 못하리라. 지금 눈앞에 있는, 시현만을 한가득 담은 이 남자를 사랑하니까 시현은 준성의 세계로 가야만 했다.

그리고 그것은 스스로 해야 하는 일이었다. 던져 주는 밧줄을 잡아서 당겨 주는 것에 익숙해지면 평생 도움만을 바라며 살게 될 것이다. 스스로 할 수 있는 게 아무것도 없다는 듯, 남자에게 매달려 살던 자신의 어머니처럼.

여차 하는 순간 잡아 줄 사람이 있다는 것을 아니까 혼자서 해볼 용기가 생겼다. 정말로 어려운 그 순간에 이 남자만큼은 함께해줄 테니까.

"일단 김희영 씨와 정여훈 씨에게 상황 설명을 하고, 김희영 씨를 지켜 줄 방법을 모색해야 할 것 같습니다."

"내가 말했을 텐데. 이 상황에서 김희영을 지키는 건 로운의 일이 아니야."

"제 고객입니다."

"하지만 지금 벌어지는 건 김희영이 파스텔에 가입했었기 때문에 일어난 일이지. 개인이 처리할 문제야."

"그래도 지금은 제 고객입니다."

다른 사람들은 숨을 죽이고 두 사람을 지켜봤다. 연인이라기보다는 권위적인 상사와 고집 센 부하 직원 같은 두 사람은 금방이라도 싸울 것처럼 서로를 노려보고 있었다.

준성은 물러서지 않았다.

"자네는 김희영과 정여훈을 맺어 줬지. 로운의 일은 그걸로 끝이야. 두 사람이 결혼을 하든, 헤어지든 자네가 개입할 일은 아니야. 그래도 난 자네가 그들 일에 관여하는 걸 모르는 척해 줬어. 그런데 이제는 김희영 개인의 신변 걱정까지 하고 있군. 내가 이걸 어떻게 받아들여야 하는 거지?"

"……그럼 제가 일을 하는 게 아니라 희영 언니의 아는 동생으로서 희영 언니를 보호하려고 하는 거라고 해 두겠습니다."

"그렇다면 자네 개인의 일이니 내가 뭐라고 할 수는 없겠네. 그럼 업무 시간에는 이 일과 관련된 일을 하지 마."

"네."

시현이 일어났다.

"저, 들으셨다시피 업무 시간에는 이 일을 못 하니까 지금 움직여야 할 것 같아요. 먼저 가보겠습니다. 민희야, 나, 가볼게."

"안 가는 게 좋겠는데. 일단 이 일은 흘러가는 대로 놔두는 게 좋을 것 같아."

"어떻게 그래. 꽃뱀이라고 소문나는 거, 여자한테는 정말 치명적인 거잖아."

"그래도……."

준성의 행동 때문에 질려서인지 민희는 평소처럼 까다롭게 굴지 않았다. 시현은 미안하다는 인사를 남긴 후, 먼저 민희의 집에서 나갔다.

"쟤 왜 저런다냐?"

명성이 민희에게 속삭였다.

"뻔하지. 지가 도와주겠다고 하는데 시현이가 전혀 도와달라는 말을 안 하니까 삐쳐서 저러는 거잖아."

"……못난 놈."

"그러니까. 시현이, 안 그래도 심란할 텐데 저런 게 남자친구라서 진짜 싱숭생숭할 거야."

"네, 맞습니다. 심지어 오늘은 여장까지 하셨죠. 시현 씨랑 똑같은 드레스를 입고 있더라니까요!"

"뭐어? 근데도 시현이가 저걸 남자친구라고 데리고 다닌단 말이야?"

"시현 씨, 마음이 넓구나."

"네. 전 가끔 시현 씨가 천사가 아닐까 싶을 때가 있습니다."

"그럴 만도 하지. 사실 지금까지 차 사장이 시현이 인생에 도움을 준 게 없잖아. 그런데도 좋다고 데리고 다니니, 원……."

"그러니까요. 가만히 생각해 보면, 결국 사장님은 사장님 복수 때문에 시현 씨를 회사에 입사시켜준 것밖에 없잖습니까. 그런데도 시현 씨는 사장님한테 고마운 게 많다고 한다니까요?"

"고마운 게 전혀 없는 상황에서도 고마운 점을 찾아내는 게 시현 씨의 장점이라면 장점이지."

"그래도 난 시현이처럼은 안 살 거야. 시현이처럼 마음 넓게 살다가 저런 거랑 엮이면 어떡해?"

"저도 동감입니다."

한 여자와 두 남자가 자신을 앞에 두고 하염없이 욕을 하는데도 준성은 눈썹 하나 까딱하지 않고 시현이 나간 문만 쳐다보고 있었다.

6

희영에게 만나러 가겠다고 전화를 걸고 나서 시현은 생각을 정리했다.

민희가 일이 흘러가는 대로 놔두라고 한 이유는 알 수 있었다. 아마도 시현이 막으려고 들면 윤예나가 더 강한 수법을 동원할까 봐 그런 것이리라. 민희의 말대로 그냥 상황을 지켜보는 게 나을지도 몰랐다.

'생각해 보면 윤예나가 통장 확인을 해 보라고 언질을 준 것부터가 이상해. 내가 움직이게 만들려는 의도였을 거야.'

희영을 도와주려고 나서면 윤예나의 미끼를 덥석 무는 꼴이 될 것 같았다. 하지만 시현은 가만히 있을 수 없었다.

김희영은 어쨌든 사회적으로 알려진 K 저축은행 회장의 딸이었다. 게다가 최찬영 때문에 신상까지 공개됐다. 그런 상황에서 꽃뱀이라는 기사가 뜬다면 김희영의 인생이 힘들어질 게 분명했다. 피해를 막기 위해 뭐든 해야만 했다.

희영과 여훈은 희영의 집 근처 카페에서 시현을 기다리고 있었다. 시현은 자리에 앉자마자 두 사람에게 이번 일이 어떤 의도로 시작됐으며, 어떻게 돌아가고 있는지 설명했다.

희영은 두 손으로 입을 틀어막고 신음을 참으려 했지만 손가락 사이로 빠져나오는 흐느낌을 완전히 막을 수는 없었다. 여훈이 옆에서 다독여 주지 않았더라면 희영은 울음을 터뜨렸을 것이다.

"왜…… 나한테 자꾸 이런 일이 생기는 거야?"

시현은 자신의 잘못이 아님에도 죄책감이 들었다. 희영은 정신이 하나도 없는 듯 혼란스러운 눈으로 여훈과 시현을 번갈아 쳐다봤다. 그나마 여훈이 침착해서 다행이었다.

"그럼 앞으로 어떻게 하는 게 좋겠습니까? 먼저 선수를 치고 나가는 게 나을까요?"

"그건 힘들 것 같아요. 아무래도 그쪽은…… 적어도 한 달 전부터 준비를 한 거라서요. 나중에 조사가 들어간다고 해도 그쪽의 말이 더 신빙성 있게 들리겠죠."

"그래도 내가 아니라잖아. 나 그 남자들 이름도 모르고, 얼굴도 모르는데…… 만난 적도 없는데 어떻게 꽃뱀 짓을 해?"

"그러게요. 그런데 상대는 그런 걸 꾸며낼 수 있을 거라고 하네요."

"말도 안 돼……."

희영은 고개를 절레절레 저었지만, 내심 이게 완전히 말도 안 되는 일이라고 생각하지는 않는 듯했다. 희영도 반쯤은 저쪽 세계의 사람이니까 이런 일이 가능하다는 걸 알고 있겠지.

시현은 참담했다. 일단 희영을 만나기는 했지만 좋은 수가 떠오르지 않았다. 시현이야말로 자신의 무능함 때문에 울고 싶어졌다.

"일단…… 입금자들에 대해서 알아보는 게 좋을 것 같아요. 은행 쪽에 문의하면 상대 계좌 번호를 알려 주지 않을까요?"

"ATM으로 입금했다면 그조차도 찾기 힘들 겁니다. 일단 알아는 봐야겠죠. 할 수 있는 건 해야 하니……."

"그리고 언니, 혹시 언니 명의로 개통된 또 다른 핸드폰이 있는지도 알아봐 주세요."

"응응."

희영은 이제 왜냐고도 묻지 않았다. 시현은 뾰족한 수를 떠올리지 못한 채 한 시간쯤 앉아 희영을 달래준 후 카페에서 나왔다.

7

준성과 정후는 시현이 나가고 1시간쯤 지나 돌아갔다.

"오빤 안 가?"

명성은 갈 생각이 없는 듯 다리를 꼬고 앉아 아까 마시다가 만 술을 홀짝이고 있었다.

"어. 윤예나가 어떻게 공격을 할지 알았으니 이제 어떻게 대처해야 할지 생각을 좀 해 봐야지."

"시현이 애인인 차 사장도 저러고 있는데 어째 오빠가 더 애인처럼 군다?"

"애인이 아니라 수호천사지."

"놀고 앉아 있네."

민희는 피식 웃으며 노트북에 저장해 둔 녹음 파일을 클릭했다. 윤예나가 정확히 어떤 어조로, 어떤 말을 했는지 들어 보기 위해서였다.

쓸모없는 부분을 뒤로 넘기며 윤예나의 목소리가 등장하는 곳을 찾아냈다.

행복해요?

평정을 가장한 날 선 목소리가 들려왔다. 빈 잔을 채우던 명성도 관심을 보이며 다가앉았다.

윤예나는 준성에 대해, 그리고 준성을 사랑하는 시현에 대해 악담을 퍼붓고 있었다. 민희였다면 참고 듣지 못했을 말들이 흘러나오는데도 시현의 대답은 들려오지 않았다. 민희는 혹시 시현이 이 얘기들을 들으면서 울고 있었던 게 아닌지 걱정이 됐다.

그러나 다음 순간, 시현의 부드러운 음성이 들려오기 시작했다. 악의에 찬 사람을 앞에 뒀다고는 생각할 수 없을 만큼 다정하고 달콤한 음성이었다.

준성과 함께 지내는 나날이 하루도 빠짐없이 그 달콤한 음성에 실렸다. 듣고 있는 민희마저도 입가에 미소가 떠오를 만큼 사랑스러웠다.

"차 사장은 정말 좋은 여자를 만났어."

시현의 음성에 취해 명성이 옆에 있다는 걸 잊고 있었다. 민희가 고개를 돌려 명성을 쳐다봤을 때, 명성은 소파에 등을 기대고 눈을 감고 있었다. 명성의 입가에는 은은한 미소가 묻어 있었다. 그것은 민희가 늘 봐오던 음흉한 너구리 같은 미소가 아니었다. 진하고 감정적이고 솔직하고, 그리고 감미로운 미소.

심장에 둔탁한 충격이 일었다.

민희는 눈을 부릅뜨고 명성의 얼굴을 주시했다. 명성은 민희가 자신을 쳐다보는 걸 전혀 모르는 듯 시현의 음성에만 귀를 기울이고 있었다. 마치 시현의 그 모든 이야기가 자신을 향한 이야기라도 되는 듯이. 아니, 그러기를 소망하는 듯이.

시현의 목소리가 사라지고 나서도 조금 더 지난 후에야 명성이 눈을 떴다. 명성은 자신을 쳐다보는 민희 때문에 놀란 듯했다.

"왜 그래?"

명성은 아까처럼 웃고 있지 않았지만, 민희는 자신이 본 그 미소가 착각이 아니라는 걸 확신했다.

"오빠, 정말이구나?"

"뭐가?"

"정말로 시현이 좋아하는구나?"

"음? 아닌데."

"틀렸어."

"뭐가?"

"방금 오빠 반응, 틀렸다고."

명성이 어색하게 웃었다.

"반응에 틀리고 안 틀린 게 어디 있어?"

"내가 아는 차명성이라면 지금 내 질문에, 그럼 좋아하지, 라고 태연히 대답했어야 해. 사실 좋아하니까 도와주는 거 맞잖아. 나도 시현이를 좋아하니까 도와주려고 하는 거고."

그제야 민희의 의도를 깨달은 명성이 웃음을 거뒀다.

"그래, 시현 씨 좋아해. 하지만 네가 생각하는 그런 감정은 아니야."

"지금 대답도 틀렸어. 내가 정말 그렇게 믿길 바랐다면, 변명을 할 게 아니라 평소대로 능글맞게 말을 돌리는 게 나았을 거야. 시현이를 별로 좋아하진 않지만 동생 놈 연인이라서, 또 내 친구라서 도와주기로 한 거라고. 그런데 오빠는 지금 웃지도 않네."

"……대체 무슨 말을 하고 싶은 거야?"

명성의 얼굴에서 여유가 사라졌다. 민희는 자신의 예상이 맞아떨어졌다는 것을 알았다.

"시현이한테 고백은 했어?"

"그걸 왜 해? 솔직히 처음에 시현 씨한테 그런 감정을 느꼈던 건 사실이야. 워낙…… 뭐랄까…… 밝은 것 같은데, 밝지 않은 그 느낌이 묘했거든. 묘해서 관심이 생겼고. 그런데 뭐, 시현 씨가 워낙 선을 분명하게 그으니까 친구라는 느낌이 더 강해지더라. 저번에 호칭 바꾸자고 했더니 날 형님이라고 부르더라니까. 시현 씨 귀엽지?"

명성은 하하 웃었지만 민희는 웃지 않았다. 웃을 일이 아니었다.

눈앞의 남자는 썩 좋아하지는 않아도 민희와 피를 나눈 사촌이었다. 게다가 명성은 민희에게 무슨 일이 생겼을 때 어떻게든 힘이 되어 줄 사람이기도 했다.

민희는 명성에 대해 잘 알고 있었다. 윤예나는 준성이 자신 외에 아무도 사랑할 수 없는 사람이라고 했지만, 그건 윤예나가 틀렸다. 자신 외에 아무도 사랑할 수 없는 사람은 명성이었다. 명성은 누구보다 자기애가 강했다. 모두에게 친절하고 다정한 성격 탓에 그 부분이 가려져 있는 것뿐이었다.

그런 사촌이 한 여자를 사랑하게 되었다. 하지만 그 여자가 동생의 연인이다.

민희가 가장 싫어하는 스토리였다.

그런데 명성은 민희가 가장 싫어하는 그 스토리를 좀 다른 분위기로 바꾸어 놓았다. 명성은 시현과 준성에게 상처를 주지 않기 위해, 그리고 또 자신도 상처를 받지 않기 위해 자기 자신조차 속이고 있었다. 시현을 향한 감정을 우정이라고 포장하여.

"오빠는 의외로 로맨티스트구나."

"갑자기 무슨 소리야?"

"오빠가 조금 좋아지려고 하네."

"지금까지는 싫어했냐?"

"엄청."

"그거 충격인걸?"

명성이 다시 여유를 되찾았다.

"여하튼 이거, 준성이한테 보내주자."

명성이 노트북 모니터 안의 녹음 파일을 가리켰다.

"엄청 좋아할 거야, 그 녀석."

『헬로우 웨딩』 4권에서 계속

기억 하나. 커플룩의 음모

1

명성은 백화점 앞에서 두 팔 벌려 정후를 맞이했다. 꼭 끌어안아 주려고 했지만 정후는 요령 좋게 명성의 포옹을 피했다.

"안기려고 온 거 아니었어?"

"절대 아닙니다."

정후는 퉁명스럽게 대답하며 백화점 안으로 들어갔다.

"드디어 사장님이 뭔가 하시려나 봅니다."

"호오. 뭘?"

"시현 씨랑 벚꽃놀이를 가시겠대요. 옷 고르러 왔어요."

"그래? 차 사장이 용기 냈네. 웬일이래?"

"시현 씨가 원하는 건 다 들어주고 싶대요. 시현 씨가 벚꽃놀이 가고 싶다고 했나 봐요."

"내가 같이 가 줄 수도 있는데."

"제발요, 형님. 다 되어가는 밥에 모래 뿌리지 맙시다."

"뭐야, 내가 모래라는 거냐, 지금?"

"모래면 다행이죠."

"이 녀석이."

명성이 헤드락을 걸려고 했지만 이번에도 정후는 능숙하게 피했다. 정후가 캐주얼 코너로 걸음을 옮기자 명성이 정후의 팔을 붙잡았다. 왜 그러냐고 쳐다보는 정후에게 명성이 아주 진지한 표정으로 고개를 저었다.

"그게 아냐."

"아니긴요."

"김 비서가 준비해야 될 건, 간편하고 평범한 캐주얼이 아니야."

정후의 눈이 가늘어졌다.

"또 훼방 놓으시게요?"

"훼방이라니! 무슨 그런 서운한 말씀을."

명성은 버티는 정후를 끌고 정장 코너로 향했다.

"그러니까 말이지, 벚꽃놀이라는 건 간편한 복장으로 해야 하는 거야. 뭐, 막 퇴근한 정장 스타일도 괜찮기는 하지만…… 그래도 이왕이면 편한 캐주얼 복장 쪽이 즐기기에 좋지. 눈에 띄지도 않고."

"그런데 절 군이 정장 코너로 끌고 오신 이유가 뭡니까?"

"시현 씨는 아주 정상적인 사람이야. 노멀하지."

"그렇죠."

"노멀한 사람은 상대가 노멀하지 않을 때 아주 당황하게 돼. 그리고 정상적인 사고를 하며 모든 것을 원래대로 되돌리려고 노력하게 되어 있어."

"그래서요?"

"준성이한테……."

명성이 정장 코너 중 한 곳을 손으로 가리켰다.

"턱시도를 입히자."

"형님……."

"생각해 봐, 김 비서. 준성이한테 턱시도를 입히는 거야. 나비넥타이까지 제대로. 준성이가 그 꼴을 하고 시현 씨한테 말하겠지. 벚꽃놀이 가자고. 그러면 시현 씨는 무슨 생각을 할까?"

"아, 내가 미친놈을 사랑하고 있었구나, 이제 그만 사랑해야겠다, 그런 생각을 하면서 정신을 차리겠죠. 그렇게 우리 사장님은 차이는 거고요. 동생이 불쌍하지도 않습니까?"

"에이, 그게 아니지. 김 비서는 사랑을 너무 몰라."

"적어도 사랑이 끝나는 순간은 압니다. 상대가 크레이지맨일 때 사랑이 끝나죠."

정후는 정장 코너 안으로는 들어가지 않으려고 기를 쓰고 버텼다. 명성은 어쩔 수 없다는 듯 정후를 놔주고 설명했다.

"자, 김 비서. 잘 생각해 봐. 지금 현재 차 사장이 정상으로 보여?"

정후는 말문이 막히는 듯 입술만 달싹거렸다. 자신이 모시는 사장을 '정상'이라고 딱 잘라 말할 수 없는 게 슬픈 듯한 표정이었다.

"준성이는 지금도 정상이 아니야. 우리 가족 모두 준성이의 정체에 대해 궁금해하지. 시현 씨도 분명 준성이의 정체를 궁금해하고 있을 거야. 어쩌면 인간이 아닐지도 모른다고 생각할 수도 있고."

"분하지만…… 반박할 수 없네요."

"그럼에도 불구하고 시현 씨는 준성이를 사랑하는 거야. 이건 정말…… 성녀라고 해도 좋을 만한 사랑이고, 너그러움이지. 안 그래?"

"그, 그렇죠."

"그런 시현 씨가 준성이 턱시도 정도로 준성이를 버릴까?"

"……하긴."

"이제 와서 미친 짓을 한다고 더 미친놈으로 보이지는 않아. 김 비서는 그걸 간과하고 있었어."

"인정합니다."

결국 정후가 패했다.

"좋아, 그럼 생각해 봐. 차 사장이 나비넥타이까지 매고 벚꽃놀이를 가자며 시현 씨를 찾아가면, 마음 넓은 시현 씨는 무슨 생각을 할까?"

"똑같은 인간으로 보이고 싶지 않으니…… 사장님 옷을 갈아입히려고 하…… 아!"

그제야 깨달음을 얻은 듯 눈을 크게 뜨는 정후를 보며 명성이 씩 웃었다.

"그거지. 옷을 사러 백화점에 올 거고, 나는 백화점 앞에서 두 사람을 맞이해 줄 거야. 그리고 둘은 똑같은 옷을 입고 백화점을 나서게 되겠지."

"형님은 정말……."

정후는 눈물을 글썽이며 명성의 손을 꽉 잡았다.

"잔머리 하나는 최고군요."

2

음흉한 두 모략가가 무엇을 계획하는지 전혀 모르는 시현은 마우스를 달칵거리며 생각하고 있었다.

아, 벚꽃놀이 가고 싶다.

기억 둘. 그 남자의 일상

Hello Wedding

1

그 남자는 이른 시간에 눈을 뜬다.

눈을 뜨자마자 보이는 것은 새하얀 천장. 얼룩 하나 없지만, 자신의 방이라는 것을 알 수 있는 하얀 천장을 멍하니 바라보노라면, 일상처럼 들려오는 목소리가 있다.

"아, 사장님! 언제까지 누워계시려고요!"

버럭 외치는 날카로운 목소리는, 어린 시절 어느 순간부터 불쑥 찾아와 항상 곁에 있게 된 목소리. 처음에는 제대로 들려주지도 않던 비서의 음성은 이제 그 남자에게 소중한 것 중 하나가 되었다.

그 남자는 아침에 비서의 목소리를 들을 때마다 십수 년 전의 비서를 떠올린다. 어딘지 모르게 주눅이 든 표정, 아래를 보고 있는 시선, 간혹 눈이 마주쳤을 때 비치는 그 안에 담긴 두려움과 슬픔. 그것이 안쓰럽고 안타까워서 그 남자는 비서를 편안한 삶 속으로 이끌고 싶단 생각을 하곤 했다.

이제는 비서의 눈동자 속에 두려움이나 슬픔 따위는 존재하지 않는다. 몇 년 전까지만 해도 가끔씩 드러나던 서글픔은 온데간데없이 사라졌다.

"사장님!"

그 남자가 대답하지 않자 비서가 문을 벌컥 연다. 그 남자는 느릿하게 고개를 돌려 비서를 바라본다.

연갈색 고수머리에 흰 피부를 가진 비서는 도끼눈을 하고 그 남자를 쏘아본다. 입으로는 '사장님'이라고 말하면서 하는 태도는 아랫사람을 부리는 것 같다. 그럼에도 그 남자는 그것이 싫지 않다.

"좋은 아침."

"뭐가 좋은 아침입니까. 매번 이렇게 와서 깨워드리는 것도 지칩니다. 이런 건 시현 씨한테 해달라고 하세요."

비서가 투덜거리며 침대 옆으로 걸어온다. 그 남자는 비서의 입에서 나온 그녀의 이름을 들으며 부드럽게 미소 짓는다.

이름만 들어도 좋다는 듯 웃는 그 남자의 모습에 비서가 입술을 실룩거린다.

"이름만 들어도 웃음이 막 나옵니까? 애인 없는 사람 서러워서 못 살겠습니다."

"자네도 만들어."

"아, 만들어야겠다, 하면 생기는 게 아니잖아요. 사장님은 진짜 운 좋은 사람입니다."

"응, 맞아."

그 남자는 쉽게 인정하며 다시 고개를 돌려 천장을 바라본다. 천천히 눈을 감자 그녀를 처음 본 순간이 떠오른다.

쌀쌀하고 어두운 공원의 벤치에 누워 있는 그 남자를 바라보는, 걱정이 담긴 선량한 눈동자. 얼굴도, 이름도 모르는 타인을 한껏 걱정해 주던 그녀의 마음 씀씀이를 그 남자는 똑똑히 기억한다.

"또 주무시려고요?"

잠시 상념에 젖는 것조차 허락하지 않는 비서가 그 남자를 닦달한다. 그 남자는 작게 한숨을 쉬며 침대에서 내려온다.

"깨우러 안 와도 돼."

"아주 마음 놓고 주무시려고요?"

제 딴에서는 생각해서 한 말인데 비서는 투덜거릴 뿐이다. 그런데도 얄밉다는 생각이 안 드는 게 신기하다.

그 남자는 욕실로 들어가 시간을 들여 샤워를 한다. 비서가 이른 시간에 깨우러 오는 이유는, 남들보다 오래 걸리는 샤워 시간 때문이다. 욕실 안에 뜨거운 김이 가득 차서 바로 앞도 안 보일 정도로 뿌옇게 변한 후에야 그 남자는 샤워를 끝낸다. 마른 수건으로 젖은 머리를 닦으며 거실로 나오니 비서는 자기 집처럼 편한 자세로 소파에 앉아 커피를 한 잔 하고 있다.

향긋한 커피 향이 그 남자의 코를 간질인다. 쓴 커피 한 모금이 간절하지만 그 남자는 한 잔 타달라는 말을 하지 않는다.

아침에 마시는 커피는 사장실에서 그녀와 함께.

몇 개월 전만 해도 없었던 습관이 이제는 존재한다.

아침에 눈을 뜨면 그녀의 이름을 떠올리기.

집에서 나가기 전, 그녀가 사놓은 커다란 인형을 쓰다듬기.

저녁에 그녀를 태워 집까지 모셔다주기.

귀가 후엔 그녀와의 커플 머그잔에 한가득 커피를 따라 마시기.

잠자기 전 그녀의 미소를 그려 보기.

평생 생길 줄 몰랐던 습관이 생겼는데도 기분이 나쁘지 않다. 아니, 오히려 그 남자의 인생에 찾아온 빛처럼 반짝반짝 빛나서 가슴이 아릿할 정도로 행복하다.

그녀를 보고 싶다.

매일 보는 얼굴인데도 또 보고 싶은 이유를 알 수 없다. 바로 옆에 두고 보는 와중에도 더 많이 보고 싶다는 생각을 한다. 보고, 보고, 또 보고. 그렇게 보다 보면 자꾸만 보고 싶고, 모든 것을 소유하고 싶은 그런 마음이 조금은 가라앉을까?

그 남자는 그렇지 않을 거라고 생각한다.

그 남자가 옷을 입고 나오자 넥타이를 골라온 비서가 넥타이를 매 준다.

"앞으로는 시현 씨한테 해달라고 하세요. 이게 뭡니까? 제가 새댁도 아니고."

"싫어?"

"싫습니다! 아주 싫어요! 단 한 번도 좋은 적이 없어요!"

"질투해?"

"질투요? 누가 누구를요?"

"네가 시현 씨를."

기억 둘

"……대체 제가 시현 씨를 질투해야 되는 이유가 뭡니까? 사장님을 질투하면 질투하지."

"날 질투해?"

"네, 아주 질투 납니다. 저도 시현 씨 같은 여자 만나서 하루 종일 끌어안고 쪽쪽 물고 빨고 하고 싶습니다."

"시현 씨는 안 돼."

비서의 말이 농담이라는 걸 아는데도 그 남자의 목소리가 낮아진다. 비서는 눈썹을 꿈틀하며 그 남자를 노려본다.

"농담입니다, 농담! 이래서 질투 많은 남자들은 못 쓴다니까."

비서는 혀를 차며 넥타이를 마저 맨다.

"다 됐습니다. 이제 가시죠."

"시현 씨 출근했을까?"

"시현 씨 타령 좀 그만 하세요. 출근할 때가 되면 하겠죠. 의부증 걸린 남자는 매력 없는 거 모르십니까?"

"내가 매력이 없나?"

"사장님은 본인이 매력 있다고 생각하십니까?"

비서의 말에 대답할 말이 없어진다. 단 한 번도 자신이 매력 있다고 생각한 적이 없다. 특히 그녀와 함께 있을 때는 그 생각이 더하다.

문득 사랑하는 사람 앞에서는 약해진다는 말이 떠오른다.

누가 먼저 생각해낸 말인지 모르겠지만, 그 말은 진리다.

혹여 못나 보이지는 않을까, 바보처럼 보이지는 않을까, 이 여자가 날 싫어하게 되진 않을까, 그녀와 함께 있을 때마다 드는 생각이다. 살면서 한 번도 해 본 적 없는 걱정들이 찾아와 그 남자를 괴롭힌다.

재미있는 건, 그럼에도 불구하고 그녀와 함께인 시간이 행복하다는 것이다. 한없이 작게 만드는데도, 한없이 약하게 만드는데도.

회사에 도착하자마자 소파에 드러눕는다. 집에 칠해놓은 것과 똑같은 색의 흰 천장을 바라보는 시간이 길게만 느껴진다.

회사에 온 지 얼마나 지났지? 그녀는 출근했을까?

몇 번이나 시계를 돌아보다가 9시가 되자마자 그녀의 사무실로 향한다.

"네, 희영 언니. 오늘 저녁이요?"

사무실 문을 열자 그녀의 상큼한 음성이 그 남자를 반긴다. 문이 열리는 소리에 그녀가 수화기를 한 손에 든 채 그 남자를 쳐다본다. 고양이 같은 매혹적인 눈이 아름답다.

그녀는 손가락으로 잠시만 기다리라는 표시를 하고 통화를 끝낸다. 전화를 끊은 그녀가 일어나 그에게 다가온다. 그녀가 다가올수록 가슴이 술렁인다. 마치 첫사랑을 하는 소년처럼.

"오늘 넥타이 예뻐요. 김 비서님이 골라주신 거죠?"

"응. 커피 안 마셔?"

"희영 언니한테 전화가 와서요. 끊고 내려가려고 했죠."

"나보다 희영 언니가 더 중요해?"

어린애 같은 투정에 그녀가 콧등을 찡그린다. 그러더니 작게 웃으며 그 남자의 코를 쿡 찌른다.

"사장님이 이렇게 질투 많은 사람인 줄 몰랐어요."

"많아."

"그런 것 같네요. 하지만 저도 참잖아요."

"난 여자 안 만나."

"김 비서님이랑 붙어 다니시면서. 김 비서님이 넥타이도 골라주고."

"그럼 앞으로 네가 골라."

"어휴. 그건 싫어요. 더 일찍 일어나야 되잖아요."

"내가 넥타이 들고 자네 집으로 갈게."

"됐거든요?"

그녀가 유쾌하게 웃는다. 레몬을 터뜨린 것 같은 상큼하고 신선한 웃음소리가 듣기 좋다.

"내려가요. 커피 마셔야죠."

그녀가 자연스럽게 그 남자의 팔짱을 낀다. 팔에 닿는 부드러운 감촉은 매번 가슴을 설레게 한다.

"오늘 저녁에 희영 언니가 같이 저녁 먹재요."

"같이 가."

"여자끼리 시간 보낼 거예요. 정여훈 씨 얘기도 좀 듣고."

그녀의 입에서 다른 남자의 이름이 나오는 게 싫다. 자신도 몰랐던 커다란 질투심이 비집고 올라올 때마다 그 남자는 당황한다. 하지만 이 질투심에도 익숙해져야만 한다는 것을 알고 있다.

"그래 그럼. 데려다줘?"

"괜찮아요. 오랜만에 버스 타고 가죠."

"버스는 위험해. 사고 날지도 몰라."

"그렇게 따지면 사장님 차도 위험해요. 사고 나요."

"내 차엔 내가 있잖아."

그 남자의 말에 그녀가 걸음을 멈추고 그 남자를 올려다본다. 그 남자 역시 그녀를 물끄러미 응시한다. 아몬드형의 눈

안에 그 남자가 가득 담겨 있다. 이 순간이 좋다. 그녀의 눈동자에 가득 담긴 자신을 마주할 때의 순간이.

맑고 깨끗한 눈으로 한참 동안 그 남자를 바라보던 그녀가 부드럽게 웃으며 두 팔로 그 남자를 끌어안는다.

"사장님이 정말 좋아요."

간혹 보여 주는 그녀의 솔직한 애정 표현은 늘 그 남자의 가슴을 벅차게 한다. 그 남자는 자그마한 그녀를 감싸 안으며 그녀의 머리에 입을 맞춘다.

"나도."

새롭게 시작된 이 일상이 평생 똑같기를 간절히 바라면서.